加
缪
作
品

西西弗神话

Le Mythe de Sisyphe

沈志明 译

上海译文出版社

献给帕斯卡尔·皮亚[①]

* 本书书名“西西弗神话”已成法文谚语，借喻“永久无望又无用的人生状况”。所以我们采用法语 sisyphe 的音译名，而不用希腊名 sisuphos 的音译“西叙福斯”。但本书中其余希腊、罗马神话中的人名、地名，一律采用国内约定俗成的译法。

① 作者的战友。加缪 1942 年参加地下抵抗运动，在皮亚领导下从事文化、新闻等方面的工作。

吾魂兮无求乎永生，
竭尽兮人事之所能。

——品达[1]

转引自《颂歌献给特尔斐竞技会获胜者之三》

① 品达(约前 518—前 438)，古希腊抒情诗人，尤以合唱颂歌著称。这两句诗转引自瓦莱里名篇《海滨墓园》再版题词(1930)。瓦莱里引希腊原文为题词，但加缪用的是法语译文，现按法语题词译出。

目 录

译序：加缪的荒诞美学 …… 001

荒诞推理 …… 001

卷首语 …… 003

荒诞与自杀 …… 004

荒诞的藩篱 …… 011

哲学的自杀 …… 029

荒诞自由 …… 052

荒诞人 …… 067

唐璜主义 …… 073

戏剧 …… 081

征服 …… 089

荒诞创作 …… 097

哲学与小说 …… 099

基里洛夫 …… 110

没有前途的创作 …… 120

西西弗神话 …… 125

补编 …… 133

弗兰茨·卡夫卡作品中的希望与荒诞 …… 135

附编：《反抗者》节译 …… 149

绝对否定 …… 151

一个文学家 …… 152

浪荡公子的反抗 …… 166

拒绝拯救 …… 176

绝对肯定 …… 185

独善其身者 …… 185

尼采与虚无主义 …… 190

反抗的诗歌 …… 209

洛特雷阿蒙与平庸 …… 211

超现实主义与革命 …… 219

虚无主义与历史 …… 234

译　序

加缪的荒诞美学

加缪用品达的两句诗为《西西弗神话》题词：

吾魂兮无求乎永生，
竭尽兮人事之所能。

我们可以认为这既是加缪毕生的座右铭和行为准则，也是高度概括他的生存哲理：不求永生，竭尽人事。面对茫茫人生无处不荒诞，加缪学尼采阐释虚无主义那样阐述荒诞：诊断，描绘，使之沉淀，然后将其上升为理论命题：假如人生是荒诞的，那么如何定义荒诞？西西弗的人生是荒诞的，没有价值，还值不值得活下去？加缪说："判断人生值不值得活，等于回答哲学的根本问题。"

荒诞作为哲学术语源于古代某个基督徒的一段拉丁语怪论，大意是：上帝的儿子死了，绝对可信，因为这是荒诞的；他被埋葬之后又复活了，绝对确实，因为这是不可能的。这类定论显然是一种悖论，不合逻辑，不符常理，违背人世经验。

然而，有趣的是有些哲学家偏偏喜爱这类悖论，像尼采那样偏爱悖逆天道，加缪称之为“哲学自杀”：理性阐述往往不得要领，于是利用理性阐述的失败来为信仰荒诞作辩护。克尔恺郭尔和谢斯托夫也老于此道。克氏反复指出不合常理性：神性与人性寓于一体，所谓神人或人神，即无限性贯穿于有限性：基督本身就是“绝对的悖论”。对于此论，犹太人认为大谬不然，希腊人认为疯语狂言，理性者认为荒诞至极。谢斯托夫干脆把悖论视为“荒谬的同意词”。而加缪认为：“荒诞正是清醒的理性对其局限的确认”，就是说，荒诞和悖论皆取决于矛盾：“所谓荒诞，是指非理性与非弄清楚不可的愿望之间的冲突。”因此，加缪的荒诞说是建立在矛盾论之上的。换言之，这正是人对单一性和透明性的欲望与世界不可克服的多样性和隐晦性之间的矛盾。加缪不相信有什么王者权限，但对必须摒弃理性不以为然，因为理性在其限度之内还是有用的。

简言之，加缪的荒诞说不是一种概念，用他的话来说，是一种“荒诞感”，一种“激情”，一种“感知”，一种“精神疾病”，加缪试图对这种病态作纯粹的描述，其目的是要弄清楚这种“荒诞感”是否导致自杀。

何谓“荒诞感”？“人与其生活的离异，演员与其背景的离异”，有这种感觉，就叫荒诞感。我们照镜子看到不像自己的那种感觉，也叫荒诞感。以此类推，生活中时不时都会产生类似的荒诞感。

何谓“荒诞感知”？人面对自身不合情理所产生的反感，对自身价值形象感到堕落[1]，有这份自知之明，就叫“荒诞感知”。

何谓“荒诞激情”？“人是无用的激情”（萨特语），明知无用仍充满激情：明明知道自由已到尽头，前途无望，为反抗绝望而不断冒险，这叫荒诞激情。

何谓“荒诞疾病”？人一旦被剥夺了幻想和光明，便感到自己是现世的局外人，随时想逃脱自我，又无可奈何置身其间，因焦虑而消沉，陷入绝望所患的一种抑郁症。在“病人”意识清醒之下，这种“荒诞疾病”很可能导致自杀。

与自杀者恰好相反的是死囚，因为后者一心想着临终的情景，似乎行将眩晕坠落，对一切视而不见，却偏偏瞥见近在咫尺的鞋带，所以加缪说：“荒诞就是死囚的鞋带。”由此，我们可以想见“荒诞取决于人，也不多不少取决于世界”。荒诞是世人与世界唯一的纽带，把两者拴在一起，正如唯有仇恨才能把世人锁住。这是一种不治之症。

这样，我们就可以给“荒诞人”下定义了！荒诞人就是与世界、与时间形影不离的人。既然他是一股无用的激情，也可以说荒诞人就是不为永恒做任何事情，又不否定永恒的人。荒诞人一旦在时间点上定位，他不再属于自己，而属于时间了。因反抗时间这个最凶恶的敌人而产生的切肤之痛，就是荒诞人的永久

① 参阅加缪名著《堕落》。

之痛。

加缪把荒诞人拔高一筹，比如称西西弗为“荒诞英雄”，既因为他的激情，也因为他的困苦。西西弗对诸神的蔑视，对死亡的挑战，对生命的热爱，使他吃尽苦头，即使竭尽全身解数，也一事无成。他只是为热恋此岸风土付出了代价，没有什么伟大英雄形象的含义，恰似莱蒙托夫笔下的“当代英雄”，可归类为浪漫派荒诞人。加缪以形象表述的荒诞人，诸如唐璜式的人物、演员、征服者、伊凡、基里洛夫等等，一概都乐意承担自己的命运和自己的生存状况。西西弗做到了，我们可以想像他是幸福的。

显然，加缪不敢像纪德那样指望西西弗蔑视那块要命的巨石，“不去理睬它”（纪德语），或干脆踩上去，“控制局面”（纪德语）。是的，加缪撰写《西西弗神话》时不具备这种革命思想，但至少肯定荒诞人的积极面：荒诞人直面人生，不逃避现实，摒弃绝对虚无主义，怀着反抗荒诞人世的激情，坚持不懈，或许能创造一点人生价值：“一个人的失败，不能怪环境，要怪他自己。”要学习那些与命运作斗争的榜样，比如普罗米修斯，做个火种播种者，或创造者，因为“创造就是活两回”。然而，西西弗和普罗米修斯都是神话人物。因此，加缪在思考反抗荒诞人世时，不得不首先论述形而上反抗，这正是他的贡献之所在。

在西方基督教文化的历史大背景下，谈论形而上反抗，绝对离不开世人与上帝的关系。“反抗者先把上帝否定，旨在否定之后取而代之”，尼采如是说。萨德、尼采、基里洛夫等等，他们抹杀上帝是要自己成为神明，等于要人世间实现《福音书》所说的永恒生命。这里，所谓的形而上反抗，一般指的是孤独的个体反抗，因不满生存状况而奋起反抗造物主：一则世人总要死亡，世事难以长久，总要分化和消失，没有意义；再则世人躲不开恶，因为恶是分裂分化之源，所以反抗者诉求单一性或称一统性，诸如秩序的单一性，行为的单一性，使命的单一性。反抗者舍弃神明道德或社会契约，往三个方向挺进：诉求欲望自由和权力自由；追求表象和自我表现；激励杀害和毁灭。总之，反抗者之所以亵渎神明，是希望产生新的神明，甚至自己成为神明。比如，基里洛夫设下的前提：假如上帝不存在，基里洛夫就是上帝。他的结论是：为了成为上帝，他应当自杀。唯其如此，才能教育芸芸众生，因为敢于自杀的人都是上帝。基里洛夫是荒诞人，斯塔夫罗金，伊凡·卡拉玛佐夫更是荒诞人，他们都是孤独的个体。

反抗者个体在思考荒诞人生和死亡不可避免时会情不自禁地叹道："唉，我孤独无援。"但为摆脱压迫要求自由的欲望强烈到不惜为之牺牲生命，那就是维护一种价值了：不仅维护个人尊严，而且维护人类尊严。如果反抗可以从中揭示自由、团结、正义，那么存在压迫的世界就是一个荒诞的世界。唯有反抗才能阻挡荒诞。于是反抗者就有生存的价值，就可以自豪地说："我反抗，故我存在。"不过，孤独的反抗者需要绝对坚强的意志力，因为自由、正义、一统在形而上反抗者眼里并不真正存在，只不过是一切激情的神化。

“世上最强有力的人是最孤独的个人。”（易卜生语）萨德在大牢里度过大半生，领衔最孤独的人应当之无愧，被称为戴镣铐的哲学家，创立了“绝对否定”的理论。他奋起反抗的上帝，是一个牺牲创造物的上帝。既然上帝和永生都不存在，就应许可新人成为上帝。于是施蒂纳应运而生。他把现实个体的“我”凌驾于一切之上，以“我”的名义，把上帝以及形形色色的神祇、国家、契约、协议等等统统舍弃，其后果必然引发无数的个体冲突，而唯一留存于世的则是施蒂纳这个所谓独善其身者，带着胜利的笑容统治着一座大坟墓。他自诩是世上“唯一的人”，独领风骚面对任何毁灭，决不退缩。这个极端虚无主义反抗者醉心于毁灭，要么死亡，要么重生，直奔极限边缘：“发现沙漠之后，就不得不学会生存下去。”

尼采则比施蒂纳高明得多，他给世人的启示是，反抗者只有放弃一切反抗才能成为神明，甚至放弃为修正这个世界而创造神祇的反抗：“假如有个上帝，怎么忍受自己不是上帝呢？”尼采公然忌妒斯当达的名言：“上帝唯一的托辞，就是上帝并不存在。”世界既然丧失了神明的意志，也就丧失了一统性与合目的性。因此世界不可能被判决。尼采为此承受着虚无主义反抗的全部重负，自诩是欧洲第一个彻底的虚无主义者。这并非意趣使然，而是身世所驱，更有甚者，因为他太过伟大，拒绝不了自己时代的遗产。

确实，尼采是虚无主义的良心，他认为形而上反抗始于“上帝死了”，但他自己并没有像萨德和施蒂纳那样制订过扼杀上帝的计划，只是发现了上帝死于他那个时代的灵魂之中，从而使反抗精神迈出决定性的一步：“我们否定上帝和否认上帝责任，唯其如此，才能解救世界。”既然世人的得救不靠上帝去完成，那就应当在人世间自我完善。既然世界没有方向，世人一旦接受这个世界，就应当给它一个方向，以便达到高级的人类社会。

加缪对尼采的《权力意志》情有独钟，因为尼采破题儿第一遭叩问人生：世人可否毫无信仰地活着？这在西方是十足的虚无主义疑问。尼采说“上帝死了”，此言既非攻击耶稣本人，亦非抨击教会犬儒主义，而是否认教会的替代品：道德、人道主义或社会主义(系指德国国家社会主义)。上帝死亡的后果，使世人孤独了，也给世人自由了。然而世人一旦获得自由，即刻发现责任重大，困难重重：所谓“一切皆许可”，其实什么也做不成，不知所措了；既没有禁忌，也没有法则了。世人只有被抛弃的感觉，进入一个无目的的社会，怎么办？回答只能是彻底的、激进的：自由在于介入社会，参与崇拜神人，强化普适性，比如充当酒神狄俄尼索斯的化身，甘愿湮没于茫茫宇宙。

加缪从尼采的虚无主义中吸取某种积极的意义，对他而言，虚无主义在于不再相信现实存在和人生，虚无主义者把人生隶属于某些价值，以致很难摆脱现实困境。一旦这些所谓的价值崩溃了，世人就会产生两种态度：消极虚无主义，表现为绝望、消沉、无欲、疲乏、无聊，而积极虚无主义则求助于意志、活力、投机、冒险、行动。比如萨特《恶心》的主人公罗冈丹属于消极虚无主义者，而马尔罗《征服者》中的加里纳和《王家大道》中的彼根则是积极虚无主义者。《西西弗神话》中的荒诞人和《局外人》结尾中的默尔索，以及加缪笔下的其他两个人物：卡利古拉和玛尔塔均为积极虚无主义者。这是加缪第一阶段的荒诞感知；第二阶段他转为反抗：在《反抗者》中，他把荒诞隶属于虚无主义，并将两者进行广泛的比较研究，认为荒诞是虚无主义的一种表现，进而断定虚无主义与荒诞是同根同族，也是一种疾病（尼采最终不也成了疯子吗？），所以必须与这种疾病斗争到底，坚持反抗绝望。

以上是加缪通过论述尼采来阐释其形而上反抗的一个方面，他还着重通过论述陀思妥耶夫斯基笔下的人物来阐述另一方面，比如陀氏化身之一的伊凡·卡拉玛佐夫。此人的生命历程逆理悖道：他以正义的名义进行反抗，把宽恕、情爱、真理置于上帝之上，即使错了，也坚持反抗。假如上帝存在，他仍一味无条件认可宽恕："窃以为没有永生就没有德行"，进而就没有法律，结论是"一切皆许可"。伊凡拒绝个人单独得救，把"要么得到一切，要么啥也得不到"改为"要么人人得救，要么谁也别得救"。伊凡并不否定上帝，因为上帝一旦被否定了，伊凡在反抗的尽头发现的自由即刻变成上帝。因此，伊凡始于热爱正义，终于听凭父亲被杀而变成疯子。总之，加缪在比较陀氏和尼采的虚无主义之后，得出结论：“没有好的虚无主义和坏的虚无主义，就像没有好的荒诞和坏的荒诞之分。”

此外，正如萨德选择“城堡”，陀氏选择“地下室”作为场景，主人公皆为荒诞人，即为现世灵魂磨难的典型，具有强烈的地狱意识，其文学意义可以说预示未来战壕阵亡和集中营灭族屠杀。不同之处在于，萨德式人物欲主宰地狱权力，而陀氏荒诞人则逆来顺受，只求灵魂高尚。但两者都进入人生存在层面，跨入形而上反抗的精神层面。

我们上述加缪的形而上反抗，是指世人自身始终如一的存在，不是憧憬，也不是希望。这种反抗，只会遇到不可抵抗的命运，又缺乏本应与命运形影相随的逆来顺受。这里指的是，人与其自身的阴暗面进行永久的对抗。世人总要求透明，而透明在荒诞人生中是不可企及的。于是，只能在荒诞的形而上孤独中叩问个体存在的意义。“我”，这个孤独的人，虽然“我身上的这颗心，自己能体验到，并能判定其存在”，但这个“我”只不过是“一掬之水，会从我的指缝流走”。我可以把这个“我”可能摆出的各种面孔一张张描绘出来，还可以描绘别人给予这个“我”的各种面貌，但不可将其相加。这颗孤独的心即使属于我，也永远无法让我确定我自己：“我永远是自己的陌路人。”

因此，必须知道世人能否光凭荒诞而活着，或者逻辑要求世人因荒诞而自杀。然而，自杀是一种忘恩负义。荒诞人只能耗尽一切，包括耗尽自己。荒诞使他极度紧张，于是他不断孤军奋战，维持紧张。因为他知道在日复一日的觉悟和反抗中，他表现出自己唯一的真理，即挑战。“重要的不是永恒的生命，而是永恒的活力。”（尼采语）“上帝死了”之后，信仰失落的无家可归感，引起对存在意义的叩问。发现人生无意义，就是人对自身被抛入荒诞之中的自我发现。西西弗被定罪，被抛入历史，孤独无奈艰难地活下去，这本身就是对自身存在的一种叩问，更是一种自我觉醒。

加缪，如同马尔罗和萨特，也是法国二十世纪作家中叩问人生存在意义的先锋派。他们仨都是尼采的信徒，同时又以各自的方式偏离尼采主义。但不管怎么说，他们共同的视野源头都是尼采的论断：“上帝死了”，进而“价值死了”，再而“理想死了”。一言以蔽之：“创始原理缺失。”然而作为彻底的反抗者，他们的一切精神生活都是想自己成为精神上帝，站在某个道德的制高点上，创造一种崭新的精神形态赋予人类命运。虽然他们的精神作品能否永存还需历史来检验，但他们都竭尽人事了。

沈志明

二〇一二年春末于上海

荒诞推理

卷首语[1]

下面的篇章论说一种荒诞感，即散见于本世纪的那种荒诞感，而不论及荒诞哲学。因为确切地讲，对现时代我们尚不甚了了，所以必须首先申明，下列篇章得益于某些智者，这是最起码的诚实。我的本意是毫不掩盖，随处都会援引他们的真知灼见，并加以评论。

但同时有必要指出，荒诞迄今一直是当做结论的，而在本散论中则是出发点。从这层意义上可以讲，我的述评是临时性的，因为很难预料所采取的立场。本着只对一种精神病态作纯粹的描述，暂不让任何形而上、任何信仰混杂其间。这是本书的局限所在和唯一主张。

---

① 此标题为译者所加。

荒诞与自杀

真正严肃的哲学问题只有一个，那便是自杀。判断人生值不值得活，等于回答哲学的根本问题。至于世界是否有三维，精神是否分三六九等，全不在话下，都是些儿戏罢了，先得找到答案。如果真的像尼采所要求的那样，一个哲学家必须以身作则才受人尊敬①，那就懂得这个答案的重要性，因为接下来就会有无可挽回的行为了。这是显而易见的事，心灵是很容易感知的，然而必须深入下去，在思想上才能使人看得更清。

倘问凭什么来判断这个问题比那个问题紧要，回答是要看问题所引起的行动。我从未见过有人为本体论而去死的。伽利略握有一个重要的科学真理，但这个真理一旦使他有生命之虞，他便轻易放弃了。从某种意义上讲，他行之有理②，但不值得。他的真理连火刑柴堆的价值都不如。到底地球围着太阳转还是太阳围着地球转，压根儿无关大局。说穿了，这是个无足轻重的问题。反之，我倒目睹许多人，觉得人生不值得度过而轻生了事。我也看到有些人，因某些思想或幻想给了他们生的依据而为之献身（有人称生的依据同时也是极好的死的依据）。基于此，我断定生命的意义是最紧迫的问题。何以见得？

就所有的根本问题而论，我指的是可能导致死亡的问题或强烈激起求生欲望的问题。思维方式大致只有两种，即拉帕利斯方式[3]或堂吉诃德方式。唯有明摆着的事实并加上恰如其分的抒情表达，才能既打动我们的感情又照亮我们的思路。对如此朴质如此悲壮的主题，可以设想，精深而古典的辩证法应当让位于比较谦逊的精神气度，既出自人之常情，又富有同情心理。

世人一向把自杀只看做一种社会现象。我们则相反，首先研究个体思想与自杀之间的关系。自杀这类举动，如同一件伟大的作品，是在心灵幽处酝酿成熟的。本人则不知情。某天晚上，他开了枪或投了水。一天我听说，一位房产总监自杀了，因为五年前死了女儿，之后，他变了许多，此事“把他耗尽了”。甭想找到更确切的词了。开始思索，等于开始被耗。社会对此是无大干系的。耗虫长在人心中。必须深入人心去寻找。这种死亡游戏，从清醒面对生存到逃离光明，我们都必须跟踪相随和体察谅解。

自杀的起因有许多。一般而言，最明显的原因不是最致命的原因。世人极少深思熟虑而后自杀(但不排除假设)。激发危机的起因几乎总是无法监控的。报刊经常谈起“隐私之痛”或

---

① 参见尼采《非现实的考虑》第三章《教育家叔本华》。

② 从真理的相对价值而言，他做对了。相反，从生殖行为来讲，这位学者的脆弱性令人嗤笑。

③ 拉帕利斯(1470—1525)，法兰西元帅，骁勇善战，多次在重大战役中立大功。他奋不顾身，视死如归，在俗人眼里，近乎幼稚。

“不治之症”。这些解释虽然说得过去，但应当弄清出事当天，绝望者的某个朋友是否用漠不关心的口气跟他说过话。此人罪责难逃。因为这足以把他逼上绝路：所有未了的怨恨和倦怠统统促他坠入绝境。我们要借此机会表明本散论的相对性质。自杀确实可以跟一些光彩得多的思考联系在一起。比如，在中国革命中，有过所谓表示抗议的政治性自杀。

如果说很难锁定精神对死亡押宝的准确时刻和精确举措，那就比较容易从自杀行为本身取得假设的结果。自杀，在某种意义上，像在情节剧里那样，等于自供。就是自供跟不上生活，抑或不理解人生。但也不要在这些类比中走得太远，还是回到日常用语上来吧。那只不过供认“不值得活下去”罢了。生活，自然从来都不是容易的。世人一如既往做出生存所需的举动，出于多种原因，其中首要的是习惯。自愿死亡意味着承认，哪怕是本能地承认这种习惯的无谓性，承认缺乏生活依据的深刻性，承认日常骚动的疯狂性以及痛苦的无用性。

究竟哪种不以估量的情感剥夺了精神赖以生存的睡眠呢？一个哪怕是能用邪理解释的世界，也不失为一个亲切的世界。但相反，在被突然剥夺了幻想和光明的世界中，人感到自己是局外人。这种放逐是无可挽回的，因为对失去故土的怀念和对天国乐土的期望被剥夺了。人与其生活的这种离异、演员与其背景的离异，正是荒诞感。所有想过自杀的健全人，无需更多的解释便能承认，这种荒诞感和想望死亡有着直接的关系。

这部散论的主题正好涉及荒诞与死亡的关系，正好涉及用自杀来解决荒诞的切实手段。原则上可以肯定，一个表里一致的人，对他信以为真的东西理应付之于行动。故而对人生荒诞的信念应当支配他的行为。不妨抱着合理的好奇心自问，直言不讳而非假惺惺地自问，这种支配的结果是否迫使人们尽快从一种不可理解的状况中解脱出来。这里指的自然是那些言必信、信必果的人。

这个问题用明晰的措辞提出，可能显得既简单又难解。但以为简单的问题会带来简单的答案，显而易见的事就是显而易见的事，那就错了。推本溯源，把问题的措辞倒过来，不管自杀或不自杀，似乎只有两种哲学解决办法，要么是肯定的答案，要么是否定的答案，这未免太轻而易举了吧！应当重视那些疑团未解的人。窃以为他们属于大多数。我还注意到，一些人嘴上否定，行动起来好像心里又是肯定的。事实上，要是接受尼采的准则①，他们心里想来想去还是肯定的。相反，自杀的人往往对人生的意义倒确信无疑。这类矛盾经常发生。甚至可以说，在这一点上，相反的逻辑显得可取时，矛盾从来没有如此鲜明过。把哲学理论与宣扬哲学理论的行为进行比较，未

---

① 参见尼采：《权力意志》，第476页。大意是："我否定五次"之后，"我的新思路却走向肯定"。

免太俗套了。但应当明确提出，在排斥人生具有某种意义的思想家中，除了文学人物基里洛夫[①]、传奇人物佩雷格里诺斯[②]和假设人物儒尔·勒基埃[③]，没有一位将其逻辑推至排斥人生的。据说叔本华面对丰盛的饭局赞扬过自杀，并常拿来作为笑料引用。其实没有什么可笑的。叔氏不把悲剧当回事儿，虽然不怎么严肃，但终究对自杀者作出了判断。

面对上述矛盾和难解，世人对人生可能产生的看法和脱离人生所采取的做法，这两者之间，难道应当认为没有任何关联吗？对此，切勿夸大其词啊！人对生命的依恋，具有某种比世间一切苦难更强的东西。对肉体的判断相当于对精神的判断，而肉体则畏惧毁灭。我们先有生活的习惯，后有思想的习惯。当我们日复一日跑近死亡，肉体始终行进着，不可折返。总之，这个矛盾的要义包含在我称之为隐遁的内容中。比帕斯卡尔赋予“转移”一词的内涵，既少点儿什么又多点儿什么。致命的“隐遁”，即为希望，是本散论的第三个主题。所谓希望，就是对下辈子生活的希望，应当“对得起”才行，抑或是

---

① 陀思妥耶夫斯基《群魔》中重要人物，参见本书《基里洛夫》一节。

② 希腊犬儒派哲学家，于165年奥林匹克运动会期间自焚。

“我听说战后一位作家誓与佩雷格里诺斯方式比高低，为引起公众对他作品的注意，写完第一本书就自杀了。他确实引起了注意，但书被认为写得很糟糕。”

此人很可能是安德烈·加耶，于1929年12月16日自杀，其时正出版的书叫《地球不属于任何人》，是本超现实主义的散文和诗歌集。——原注

③ 勒基埃（1814—1862），法国哲学家，神秘失踪于大海。

自欺欺人：不是为生活本身而生活，而是为某个伟大的理念而生活，让理念超越生活，使生活变得崇高，给生活注入意义，任理念背叛生活。

这么说下去大有故意把水搅浑之嫌。至此，玩弄字眼并非枉然，假装相信拒绝人生有某种意义，势必导致宣称人生不值得活。其实，这两种判断之间没有任何硬性标准。只不过不要因上述的含糊其辞、离弦走板儿和自相矛盾而迷失方向。应当排除万般，单刀切入真正的问题。世人自杀，因为人生不值得活，想必是没错的，但不是什么真知灼见，因为这是显而易见的道理。这种对人生的大不敬，对投入人生的否认，是否出自人生无谓说呢？人生之荒诞，难道非要世人或抱希望或用自杀来逃避吗？这是在拨冗删繁时所需揭示、探究和阐明的。荒诞是否操纵死亡？必须优先考虑这个问题，甭去管形形色色的思想方法和无私精神的把戏。在这种探究和激情中，细微差别呀，各类矛盾哪，“客观的”智者随时善于引入各种问题的心理学呀，都不重要了。只需一种没有根据的思维，即逻辑。不容易呀。有逻辑性倒不难，而自始至终合乎逻辑却几乎是不可能的。亲手把自己弄死的人如此这般沿着自己感情的斜坡走到底。于是在思考自杀时，我有理由提出唯一使我感兴趣的问题：是否存在一种直通死亡的逻辑？我在此指明了推理的根源，只有不带过度的激情，光凭显而易见的事实来进行推理，我才能知道这种逻辑。所以我管这种推理叫荒诞推理。许多人已经着手进行了。不过我不知道他们是否锲而不舍。

卡尔·雅斯贝尔斯在揭示世界统一体不可构成时惊呼："这种限制性把我引向自我，在自我中，我不再躲到我一心表现的客观论点背后，无论是我自身还是他人的存在，对我都不再可能成为对象了。"[①]在许多人之后，他又使人想起那人迹罕至、无水缺源的境地，在那里思想达到了极限。在许多人之后，大概是的吧，但那些人又是多么急于求成啊！许多人，甚至最卑微的，都到达了思想动摇的最后转折点。这些人在到达转折点时，纷纷摒弃了他们一向最为珍视的生命。另一些人，即思想精英们，也摒弃了他们的生命，但，在最纯粹的精神叛逆中，是在精神自杀中进行的。真正的拼搏在于尽可能地反其道而行之，在于密切注视遥远国度的奇花异木。对于荒诞、希望和死亡互相纠缠的无情游戏，需要有得天独厚的观察力，即执著力和洞察力。这种胡缠乱舞既简单初级又难以捉摸，但智者可以解析其图形，而后加以阐明，并身体力行。

① 卡尔·雅斯贝尔斯(1883—1969)，德国心理学家和哲学家。此处引言张冠李戴，应出自海德格尔的《存在哲学》。

荒诞的藩篱

深刻的情感，如同伟大的作品，其蕴涵的意义总比有意表达的要多。内心始终不渝的活动或反感，继续存在于所做或所思的习惯中，这种恒定性所导致的后果，心灵本身全然不知。伟大的情感带着自身的天地，或辉煌的或可凉的，遨游于世，以其激情照亮了一个排他性的世界，在那里又找回了适得其所的氛围。忌妒、奢望、自私或慷慨，各有一方天地。所谓一方天地，就是一种形上境界和一种精神形态。专一化了的情感，所含的真实，比发端时的激动包含更多的真实。因为后者是未确定的，既模糊又“肯定”，既遥远又“现实”，有如美好赋予我们的，或荒诞所引起的那种激动。

荒诞感，在随便哪条街上，都会直扑随便哪个人的脸上。这种荒诞感就这般赤裸裸叫人受不了，亮而无光，难以捉摸。然而这种难处本身就值得思考。作为一个人，我们很可能真的永远认识不了，总有些不可制约的东西会把握不住。但我**几乎能**认识世人，从他们的整体行为、从他们的生活历程所引起的后果认出他们。同样，对那些无法分析的种种非理性情感，我**几乎能**界定，**几乎能**鉴定，无非将其后果全盘纳入智力范畴，无非抓住和实录非理性情感的方方面面，重新描绘其天地。可以肯定，同一个演员，即便看过一百次，也不一定对他会有更深的认识。不过，假如把他扮演的角色归总起来，归总到他演的第一百个角色时，我对他就稍有认识了，此话总有几分道理吧。因为明显的悖论也含寓意，具有某种教益。教诲在于，一个人可以通过演戏，同样也可以凭借自己真诚的冲动，来给自己定位。由此推及，比如一种忍声的低调，又如某些心底无处寻觅的情感，不禁因其激发的行动，因其假设的精神形态，而部分地表露出来，也可以自我定位。读者诸君感觉得出，这是在确定一种方法。但也感觉得出，这种方法是分析方法，并非认识方法。因为方法意味着形而上，不知不觉表露了有时硬说尚未认识的结论。正如一本书最后的篇章已经体现在最初的篇幅中了。这是难以避免的。这里所确定的方法袒露了胸次：全盘真实的认识是不可能有的。惟有表象可以计数，气氛可以感觉。

这种不可捉摸的荒诞感，我们也许由此可以触及了，在相异而博爱的世界里，诸如智力的世界里，生活艺术的世界里，或干脆说艺术的世界里，因为荒诞气氛一开始就有了。总之，这是荒诞的天地，是用自身固有的亮光照耀世界的精神形态。后者善于把得天独厚而不可改变的面目识别出来，使其容光焕发。

一切伟大的行动和一切伟大的思想，其发端往往都微不足道。伟大的作品往往诞生于街道的拐弯处或饭店的小门厅。事情就是如此荒诞。与其他世界相比，荒诞世界更能从这种可怜兮兮的诞生中汲取其高贵。某些境况下，一个人被问及他的思想本质时，答道："没有任何本质"，也许是一种虚与委蛇吧。至亲好友心里是很明白的。但，假如回答是真诚的，假如回答表示这么一种奇特的心境：虚无变得很能说明问题了，日常的锁链给打断了，心灵再也找不到衔接锁链的环节了，那么这样的回答就变成了荒诞的第一个征兆。

背景某天势必倒塌。起床，有轨电车，办公或打工四小时，吃饭，有轨电车，又是四小时工作，吃饭，睡觉；星期一、星期二、星期三、星期四、星期五、星期六，同一个节奏，循此下去，大部分时间轻便易过。不过有一天，"为什么"的疑问油然而生，于是一切就在这种略带惊讶的百无聊赖中开始了。厌倦处在机械生活的末端，但又是开启意识活动的序幕：唤醒意识，触发未来。未来，要么在循环中无意识的返回，要么彻底清醒。觉醒之后，久而久之，所得的结果，要么自杀，要么康复。百无聊赖本身带有某种令人反感的东西。不过这里，应当得出结论说，百无聊赖也有好处。因为一切从觉悟开始，惟有通过觉悟才有价值。鄙见毫无独到之处，不过是些不言自明的道理：适对荒诞的根源粗略了解，此亦足矣。单纯的“忧虑”乃万事之发端①。

同样，天天过着没有光彩的生活，时间载着我们走。但总有一天必须载着时间走。我们靠未来而生活：“明天”，“以后再说”，“等你有了出息”，“你到了年纪就明白了”。这些前言不搭后语的话挺可爱的，因为终于涉及死亡了。不管怎样，人都有那么一天，确认或承认已到而立之年。就这样肯定了青春已逝。但，同时给自己在时间上定位。于是在时间中取得了自己的位置。他承认处在一条曲线的某个时间点上，表明必将跑完这条曲线。他属于时间了，不禁毛骨悚然，从时间曲线认出他最凶恶的敌人。明天，他期盼着明天，可是他本该摒弃明天的。这种切肤之痛的反抗，就是荒诞。但，并非本意上的荒诞。此处不在乎下定义，而是**罗列**可能包含荒诞的情感。**罗列**已经完成，荒诞的意义却言犹未尽。

较低一个层次，就是诡谲性：发觉世界是“厚实”的，瞥见一块石头有多么的奇异，都叫我们无可奈何；大自然，比如一片风景，可以根本不理会我们。一切自然美的深处都藏着某些不合人情的东西，连绵山丘、柔媚天色、婆娑树荫，霎时间便失去了我们所赋予的幻想意义，从此比失去的天堂更遥远了。世界原始的敌意，穿越几千年，又追向我们。一时间我们

① “单纯的‘忧虑’”，是海德格尔的说法，参见《存在与时间》。此处转引自法籍俄裔居尔维奇(1897—1965)的专著《德国哲学的当前倾向》，弗兰版，第210页，1930年。

莫名其妙，因为几百年间我们只是凭借形象和图画理解世界，而且这些形象和图画是我们预先赋予世界的，从此之后再使用这种人为的手段，我们就力莫能及了。世界逃脱了我们，再次显现出自己的本色。那些惯于蒙面的背景又恢复了本来面目，远离我们而去。同样，有些日子，见到一个女人，面孔熟悉，如同几个月或几年前爱过的女人，重逢之下却把她视同陌路，也许我们硬是渴望使我们突然陷于孤独的那种东西。但时候未到哇。唯一可肯定的：世界这种厚实和奇异，就是荒诞。

世人也散发出不合人情的东西。在某些清醒的时刻，他们举止的机械模样，他们无谓的故作姿态，使他们周围的一切变得愚不可及。一个男人在封闭的玻璃亭中打电话，他的声音听不见，但看得见他拙劣的模拟表演。我们不禁想问：他为什么活着。面对人本身不合人情所产生的这种不适，面对我们自身价值形象所感到的这种无法估量的堕落，正如当代一位作家所称的那种“恶心”[①]，也就是荒诞。同样，自己照镜子，突然看到有陌生人朝我们走来，或在我们自己的相册里重新见到亲切而令人不安的兄弟，这还是荒诞。

最后要讲死亡了，要讲我们对死亡的感受了。在这一点上，话已说尽，切戒悲天悯人，是为得体。其实最叫人惊讶的是，大家都活着，却好像谁也“不知道”似的。实际上是因为

① 指萨特的小说《恶心》。

缺乏死亡的体验。从本意上讲，只有生活过的，并进入意识的东西，才是经验过的。这里不妨勉强谈论他人的死亡经验。这是一种代用品，一种智者见地，对此我们从来没有信服过。悲怆的俗见不能叫人心悦诚服。恐惧实际上来自事变毋庸置疑的层面。时间之所以使我们害怕，是时间展现数学般的演示，答案来自演示之后。所以关于灵魂的种种漂亮说法，在这里至少要稍为接受经验法对其对立面的检验。耳光括在僵死的躯体上留不下痕迹，灵魂已经出窍了。经历这个基本的、关键的层面，构成了荒诞感的内容。无用感在这种命运的死亡阴影下萌发了。血迹斑斑的数学规律支配着我们的生存状况，对此，任何道德、任何拼搏都无法先验地解释清楚。

再说一遍，上述的一切，前人翻来覆去都讲过了。我只不过做了个粗略的归类，指出显而易见的主题。这些主题贯串一切文学和一切哲学，充斥日常谈话，没有必要再杜撰了。但必须把握这些显而易见的情况，以便探讨至关重要的问题。再强调一遍，我感兴趣的，主要不在于发现种种荒诞，而是荒诞产生的结果。假如对这些情况确信无疑了，难道还需要作结论吗？到什么地步才算没有漏洞呢？是应当自甘死亡，抑或死活抱着希望呢？有必要事先在智力上做一番同样粗略的清理了。

精神的首要活动是区别真假。然而，思想一旦反思自身，首先发现的，便是一种矛盾。强词夺理是不管用的。几百年来，对此道没有人比亚里士多德演绎得更清楚、更漂亮了：

> 这些观点不攻自破，其后果经常受人嘲笑。因为，肯定一切都是真理，等于肯定对立面的肯定，其结果等于肯定我们自己的论点是谬误(因为对立面的肯定不容我们的论点是真理)。但，假如说一切都是谬误，这种肯定也是谬误了。假如宣称只有与我们对立的肯定才是谬误，抑或只有我们的肯定才不是谬误，那么我们就不得不接受无数真的或假的判断。因为谁提出真的肯定，等于同时宣布肯定就是真理，照此类推，以至无穷。①

这种恶性循环只是一系列恶性循环的第一环，而精神在反省自身时，便卷入这个系列旋涡，晕乎乎迷失了方向。上述悖论，简单明了得不能再简单明了啦。不管何种文字游戏和逻辑绝技，理解首先便是统合。精神深层的愿望，甚至在最进化的活动中，也与人面对自己天地的无意识感相依为命。所谓无意识感，就是强求亲切，渴望明了。就人而言，理解世界，就是

---

① 出自亚里士多德《形而上学》第四卷第八章。此处是希腊哲人针对极端怀疑派而发。但这段话，加缪转引自列奥·谢斯托夫(1866—1938)这位俄国作家和哲人的《钥匙的权力》，1928 年出版，第 317 页。不过，有一句有点儿出入，原文是："不得不接受无其数真实的和虚假的判断。"

迫使世界具有人性，在世界上烙下人的印记。猫的世界不同于食蚁动物的世界。“任何思想都打上人格的烙印”，这道理是不言自明的，别无深意。同样，精神竭力理解现实，而且只有把现实概括成术语时，才觉得充分。假如人承认世界也能热爱和受苦，那么人就会心平气和了。假如思想在现象的幻境中发现一些永恒的联系，既能把现象概括为单一的原则，又能把自身归纳为单一的原则，那就算得是精神走运了，而精神幸运的神话只不过是可笑的伪劣。这种对统合的怀念，对绝对的渴望，表明了人间戏剧最基本的演进。然而，说怀念是个事实，并不意味着怀念应当立即得到缓解。因为，假如在跨越欲望和攫取之间的鸿沟时，我们赞同巴门尼德[①]，肯定单一(不管是怎样的单一)这个现实，那么我们就坠入可笑的精神矛盾中，这是一种肯定大一统的精神，并通过肯定自身来证明自己与众不同，进而声称能化解分歧。这又是一种恶性循环，足以抑制我们的希望。

上述依旧是些不言自明的道理。我再次重申，这些道理本身并无新意，令人感兴趣的是可以从中引出的结论。我还知道另一个不言自明的道理，那就是人必有一死。从中引出极端结论的智者可以数得出来。本散论中，自始至终用作为参照的，是我们以为知道的和实际知道的之间存在的不变差距，是实际

① 巴门尼德(约前544—前450)，古希腊哲学家。

赞同和假冒无知之间的不变差距；假冒的无知使我们靠理念活着，而这些理念，倘若我们真的身体力行，就会打乱我们整个生活。面对精神的这种难解难分的矛盾，我们恰好要充分把握分离，即把我们和我们自己的创作划开。只要精神满怀希望在固定的世界里保持沉默，一切就在精神怀念的统合中得到反映，并排列得井然有序。但这个世界只要动一动，就会分崩离析：无数闪烁的碎片自告奋勇地来到认识的眼前。不必抱希望有朝一日会重建这个世界亲切而平静的表面，给我们心灵以安宁。继那么多世纪的探索之后，继思想家们那么多次让贤之后，我们心明眼亮了。就我们的全部认识而言，这一点是千真万确的。除了职业的唯理论者，人们如今对真正的认识已不抱希望。假如一定要写人类思想唯一有意义的历史，那只得写人类世代相继的悔恨史和无能史了。

确实，我能说“我知道”谁的什么和什么的什么。我身上的这颗心，我能体验到，并能判定其存在。这个世界，我能触及也能判定其存在。我的学问仅此而已，其余有待营造。因为，假如我试图把握我所确认的这个我，并加以定位和概括，那么这个我只不过是一掬之水，会从我的指缝流走。我可以把“这个我”会摆出的各种面孔一张张描绘出来，还可以描绘别人给予“这个我”的各种面貌，包括其出身、教育、热忱或沉默、伟大或卑劣。但不可把面貌相加。这颗心即使属于我，我也永远无法确定。我对自己存在的确信和我对这种确信试图赋予的内容，两者之间的鸿沟，永远也填不满。我永远是自己的陌路人。在心理学上，如同在逻辑学上，有真理又没有真理。苏格拉底的“认识你自己”，其价值等同我们忏悔室里的“要有德行”。两者既流露怀念，也表露无知。无非拿重大的主题做游戏，是毫无结果的。这些游戏只在符合近乎确切的尺度时才说得过去。

瞧，比如树木吧，我熟悉树木的粗糙、水分，嗅得出树木的气味。草的芬芳，星的馥郁，夜晚，心情舒坦的某些晚上，我怎能否认我体验到了强而有力的世界？然而，地球上的全部科学，压根儿不能使我确信这个世界是属于我的。你们给我描绘世界，教我归类世界。你们列举地球的规律，在我渴求知识的时候，我同意地球的规律是真实的。你们剖析地球的机制，于是我的希望为之倍增。末了，你们告诉我神奇美好又多姿多彩的宇宙归结为原子，而原子又归结为电子。所有这一切好得很，我等着你们继往开来。但你们对我说有一种见不着的星球系统，有不少电子围绕一个核团团转动。你们用形象向我解释了世界。于是我看出你们是在做诗，那我就一辈子也弄不清楚了。我还没来得及发火，你们已经改变理论了，难道不是这样吗？这么说来，本该教我懂得一切的科学在假设中就结束了，清醒的认识在隐喻中沉没了，不确定性在艺术作品中找到了归宿。难道我先前需要付出这么多努力吗？与之相比，山丘柔和的线条和夜晚摸着激跳的心口，教给我更多的东西。言归正传，如果说我通过科学懂得现象并一一历数，我却不能因此而说已理解世界。即使我用脚丈量过全球的高山峻岭，也不会知道得更多。你们让我在写实和假设之间选择，写实是可靠的，但对我毫无教益，而假设即便对我有教益，却根本不可靠。我对自己对世界都陌生，唯一可依赖的，是用某种思想武装起来，而这种思想一旦肯定什么就否定自身；我惟有拒绝认知和摒弃生命才能得到安宁，而且好胜的愿望总是在藐视其冲击的藩篱上碰壁，这是怎样的状况呢？有志者，必挑起悖论。一切就绪，按部就班，就等着出现中了毒的安宁，那正是无忧无虑、心灵麻木或致命的摒弃所造成的。

智力以自身的方式也让我明白世界是荒诞的。作为对立面的盲目性，徒然声称一切都是明明白白的，而我则一直期待着证据，一直期待着理性有理。但尽管经历了那么多自以为是的世纪，外加产生过那么多振振有词的雄辩家，但我清楚此说不对。至少在这方面，恕我孤陋寡闻，是不走运的。所谓放之四海而皆准的理性，实践的或精神的，所谓决定论，所谓解释万象的种种范畴，无一不使正直的人嗤之以鼻。与精神根本不搭界。被否定的精神，真知灼见是受到束缚的。在这种难以估算而有限度的天地里，人的命运从此有了意义。一个非理性族群站起来了，周匝而围，直至终了。荒诞感恢复了明智，如今又得到了协调，于是清晰起来了，明确起来了。我说过世界是荒诞的，未免操之过急了。世界本身不可理喻，我们所能说的，仅此而已。所谓荒诞，是指非理性和非弄清楚不可的愿望之间的冲突，弄个水落石出的呼唤响彻人心的最深处。荒诞取决于人，也不多不少取决于世界。荒诞是目前人与世界唯一的联系，把两者拴在一起，正如惟有仇恨才能把世人锁住。我在失度的世界里历险，所能清晰辨别的，仅此而已。就此打住吧。荒诞规范着我与生活的关系，假如我把这种荒诞当真，假如我心中充满在世界奇观面前激动不已的情感，充满科学研究迫使我具备的明智，那么我就应当为这些确认牺牲一切，就应当正视这些确认，并加以维护。尤其应当据此而规范我的行为，不管产生什么后果，都紧跟不舍。我这里讲的是正直性。但我要求事先知道思想是否能在这些荒漠中成活。

我获悉思想至少已进入这些荒漠，在那里找到了面包，明白了先前只是靠幻象充饥的。思想给人类思考最迫切的几个主题提供了机会。

荒诞从被承认之日起，就是一种激情，最撕心裂肺的激情。但，全部的问题在于人是否能靠激情生活，还在于是否能接受激情的深层法则，即激情在振奋人心的同时也在焚毁人心。这还不是我们将要提出的法则，而是处于上述体验的中心，会有时间再谈的。不如先承认产生于荒漠的主题和冲动吧，只要一一列举就行了。这些东西如今也众所周知了。这不，一直就有人捍卫非理性说的权利。传统上存在一种说法，叫委曲求全的思想，这个传统一直没有间断过。对理性主义的批判次数太多了，似乎不必再批判。然而我们的时代一直出现反常的体系，想方设法绊倒理性，仿佛理性果真一直在向前进哩。但不等于证明理性有多大效力，也不等于证明理性的希望有多强烈。从历史上看，两种态度始终存在，表明人的基本激情，把人左右夹攻得苦不堪言，又要呼唤统合，又要看清会受藩篱的重重包围。

然而，也许从来没有别的时代像我们时代这样对理性发起更猛的攻击。自从查拉图斯特拉[①]大声疾呼："偶然，这是世上最古老的贵族。当我说没有任何永恒的意志愿意君临万物万象时，我就把最古老的贵族头衔还给了万物万象。"自从克尔恺郭尔得了不治之症时说："这病导致死亡，而死亡之后什么也没了。"荒诞思想的主题层出不穷，有意味深长的，也有折磨人心的，抑或至少非理性思想和宗教思想是如此，这种微妙的区别是至关重要的。从雅斯贝尔斯到海德格尔，从克尔恺郭尔到谢斯托夫，从现象学者到舍莱尔[②]，就逻辑和道德而言，整整一个智者家族，因怀旧结为亲戚，因方法或目的而反目，他们千方百计阻挡理性的王家大道，想方设法重新找到真理的通途。此处，在下对那些已知的和体验过的思想作个假设。不管

① 查拉图斯特拉，波斯教先知和改革派领袖，活动于公元前六世纪伊朗东北部，认为世界有善与恶两个对立的本原，火则代表善良和光明，主张以高度的道德观分清善与恶。

② 舍莱尔(1874—1928)，德国哲学家。

智者们现在或过去有什么抱负，他们统统从那个无法形容的世界出发。那里占统治地位的是：矛盾，二律背反，焦虑或无能为力。他们的共同点，恰恰是迄今人们所披露的主题。必须明确指出，对他们也不例外，尤为重要的是他们从发现中引出的结论。这非常重要，有必要专门研究。眼下只涉及他们的发现和他们最初的经验。问题只在于证实他们的亲和力。假如硬要论证他们的哲学，是可以把他们共同的氛围烘托出来的，并且不管怎么说，这也就足够了。

海德格尔冷峻地审视了人生状况，宣告人类生存受到了凌辱。唯一的现实，是生灵在各个阶段的“忧虑”。对迷途于世的人及其排遣而言，这忧虑是一种转瞬即逝的恐慌。但恐慌一旦意识到自身，便成为焦虑，即清醒者永久的氛围，“在这种氛围中生存重新抬头”。这位教授[①]使用最抽象的语言，手不发抖地写道：“人类生存的完整性和局限性比人本身处于更优先的地位。”他对康德的兴趣在于承认康德“纯理性”的局限性，在于对自己的分析作出结论：“世界向焦虑的人再也提供不出任何东西了。”这种忧虑，他觉得实际上大大超越了推理的范畴，以至脑子里老惦念着，嘴巴上老唠叨着。他列出忧虑的方方面面：当平凡的人千方百计使忧虑普遍化并使之越来越沉重时，烦恼便显现了；当智者静观死亡时，恐惧便显露了。

① 指海德格尔，本段引言，加缪均转引自居维奇《德国哲学的当前倾向》。

他不把意识和荒诞分家。死亡的意识，就是忧虑的呼唤，于是“存在通过意识发出自身的呼唤”。死亡的意识就是焦虑的声音，要求存在“从消失重新回到芸芸众生中来”。对他自己也一样，不该高枕无忧，而必须鞠躬尽瘁、死而后已。他置身于荒诞世界，接受着荒诞世界的可殁性，在废墟中寻找自己的声音。

雅斯贝尔斯对一切本体论都绝望了，因为他硬要相信我们失去了“天真性”。他知道我们无所作为，做什么也不能使表象的致命游戏升华。他知道精神的终结便是失败。他沿着历史赋予我们的精神历险，磨蹭踯躅，无情地识别出各种体系的缺陷，识别出挽回一切的幻觉，识别出不遮不掩的预言。在这颓败的世界，认识的不可能性已被论证，虚无好像是唯一的现实，无援的绝望，唯一的姿态，于是他试图重新找到通向神秘天国的阿丽娅娜导线①。

谢斯托夫独占一方，一直致力于单调得叫人钦佩的著作，始终不懈地朝着同样的真理奋进。他屡屡指出，最严密的体系，最普遍的理性主义，到头来终将在人类思想的非理性上碰壁。任何不言自明的道理，哪怕含讽刺意义的，任何对理性不敬的矛盾，哪怕令人嗤之以鼻的，都逃不过他的眼睛。唯一使

① 阿丽娅娜导线，出自希腊神话：忒修斯到达克里特岛，定要进迷宫同牛首人身的怪物决斗。阿丽娅娜给他一个线团，让他把线头拴在门口，杀死怪物后，顺着导线走出迷宫。成功之后，他带着阿丽娅娜出逃了。

他感兴趣的事情，实属例外，那就是心灵史或精神史。通过陀思妥耶夫斯基式的死囚经验，通过尼采式的精神激剧历险，通过哈姆雷特式的咒语或易卜生式的苦涩贵族德行，谢斯托夫探索着、指明着、提升着人类对不可救药性的反抗。他不把自己的一套道理用在理性上，带着几分毅然决然，开始涉足毫无色彩的荒漠，在那里一切确定性都变成了石头。

他们之中最有诱惑力的恐怕是克尔恺郭尔，至少他的部分经历比发现荒诞更吸引人：他体验了荒诞。“最可靠的缄默不是闭口不言，而是张口说话。”[①]写下此话的人，一开始就确信任何真理都不是绝对的，都不能使本身不可能实现的存在变得令人满意。身为一通百通的唐璜（尼采语）[②]，克尔恺郭尔多次更换笔名，矛盾百出，既写出《布道词》，也写下《诱惑者的日记》这样一本犬儒主义唯灵论的教科书。他拒绝安抚，拒绝诤言，拒绝休息守则。他心里感到的那根刺[③]，不是用来平息痛苦，相反是用来唤醒痛苦，怀着甘当受难者的那种绝望的欢乐，一点一滴地制造受难者：清醒，违拗，装模作样，就是说制造魔鬼附身者的系列。那张既温存又冷笑的面容，那些随着

① 借用《论绝望》法文版译者序中一句话，并非克尔恺郭尔原话，但克氏在《日记》（第三卷）中确实写过一段意义近似的话。

② 参见尼采《黎明》，法文版，第 327 页。

③ 肉中刺的形象一直困扰着克尔恺郭尔，典出《保罗致哥林多人后书》，参见《圣经 · 新约》第十二章第七节：“又恐怕我因所得的启示甚大，就过于自高，所以有一根刺加在我肉体上，就是撒旦的差役，要攻击我，免得我过于自高。”

发自灵魂深处的呐喊而旋转的陀螺，就是荒诞精神本身与超越它的现实所遭遇的情景。克尔恺郭尔的精神冒险，导致了付出昂贵代价的丑闻，开始时就非常糟糕，是一种没有自身背景的体验，被打回最原始的自相矛盾中去了。

另外，在方法上，胡塞尔和现象学家们极尽夸张之能事，在多样性中重组世界，否定理性的超验力。精神世界随着他们难以估量地丰富起来。玫瑰花瓣，公里计数坐标或人的手所具有的重要性与爱情、欲望或万有引力定律相同。思想，不再意味着统合，不再是以大原则的面目使表象变得亲切。思想，就是重新学习观察、关注，就是引导自己的意识，就是以普鲁斯特的方式把每个理念、每个形象变成得天独厚的领地。离谱儿的是，一切都是得天独厚的。能为思想正名的，是对思想极端在意。胡塞尔为使自己的方法比克尔恺郭尔或谢斯托夫的更为实证，从根子上就否定理性的古典方法，破除希望，打开直觉和心灵的大门，输入层出不穷的现象，丰富得有些不合人情。这些道路，要么通向一切科学，要么一门科学也通不到。就是说，此处手段比目的更为重要。问题仅在于“对认知的态度”，而不在于慰藉。再说一遍，至少在根子上是如此。

怎能感觉不到这些智者根深蒂固的亲缘关系？怎能觉察不到他们聚集在独自享有却痛苦得没有任何希望的领地呢？但愿，要么一切都能解释清楚，要么什么也别解释。况且，理性面对这种心灵呐喊是无能为力的。精神被这种要求唤醒后，一味探索寻求，而找到的只是矛盾和歪理。我不明白的东西，就是没有道理的，于是世界充满了非理性的东西；我不明白世界的单一含义，于是世界只是个非理性的巨物；一旦能说："这很清楚"，于是一切就得救了。但，这些智者竞相宣告，什么也不清楚，一切都是乱糟糟的，于是他们接着宣告，世人只对包围他们的藩篱保持着明智和确切的认识。

所有这些经验配合和谐，相互交替。精神走到边界，必须作出判断，选择结论。那里便是自杀和找到答案的地方。但我把探求的顺序倒过来，从智力历险出发，再回到日常举止。以上提及的体验产生于须臾不该离开的荒漠。至少应该知道体验到达何处。人奋斗到这个地步，来到非理性面前，内心不由得产生对幸福和理性的渴望。荒诞产生于人类呼唤和世界无理性沉默之间的对峙。这一点不应当忘记，而应当抓住不放，因为人生的各种结果都可能由此产生。非理性，人的怀旧以及因这两者对峙而凸显的荒诞，就是悲剧三人物，而此剧必须与一切逻辑同归于尽，之后，逻辑存在才有可能。

哲学的自杀

荒诞感未因上章所述而成为荒诞概念。荒诞感奠定了荒诞概念的基础，仅此而已。前者并未归纳在后者之中，只作瞬息停留，便对世界作出自己的判断，而后继续向前，越走越远。荒诞感是活泼鲜亮的，就是说，要么活该死亡，要么名扬四海。就这样我们汇集了上述的一些主题。但再说一遍，我感兴趣的，不是什么著作或什么智者，因为批评他们及其著作需要另一种形式和另一个范畴，而是发现他们的结论所具有的共同点。他们的思想也许从来没有这样分歧过。然而他们备受震荡的精神风貌，我们却承认是相同的。同样，他们尽管各自经历了如此不相像的学科，但在结束历程时的呐喊却以相同的方式回响。我们明显感到刚才提到的智者们具有一种共同的精神氛围。硬说这种氛围是玩命的，那差不多就是玩弄字眼。生活在这种令人窒息的天空下，迫使人要么出走，要么留下。问题是要知道，在第一种情况下如何出走，在第二种情况下为何留下。我就这样来界定自杀的问题以及可能对存在哲学的结论所给予的关注。

我想事先偏离一下正道。到目前为止，我们做到了从外部划出荒诞的范围。但我们可以考量这个概念所包含清晰的东西，可以试图通过直接分析法，一则认出这个概念的含义，再则发现这个概念所带来的后果。

假如我指控一个无辜者犯下滔天大罪，假如我向一位谦谦君子断言他对自己的亲姐妹怀有非分之想，他将反驳我说这是荒诞的。这种愤慨有其滑稽的一面，但也有深刻的道理。谦谦君子以这种反驳表明，我强加于他的行为与他毕生遵循的原则之间存在着明显的二律背反。“这是荒诞的”，意味着“这是不可能的”，也意味着“这是矛盾的”。假如我看见一位持白刃武器的人攻击一个持机关枪的人，我将断定他的行为是荒诞的。说他的行为荒诞，是根据他的动机和等待着他的现实之间的不成比例来断定的，是根据我看出他的实际力量和他企图达到的目标之间的矛盾来断定的。同样，通过荒诞进行论证来作对比，即用这种推理的后果与要建立的逻辑现实来作比较。总而言之，从最简单的到最复杂的，荒诞性越来越强，因为我作各项比较的差距越来越大啦。世间存在着荒诞的婚姻、荒诞的挑战、荒诞的怨恨、荒诞的沉默、荒诞的战争和荒诞的和平。其中任何一种荒诞性都产生于比较。所以我有理由说，对荒诞性的感觉并非产生于对一个事实或一个印象简单的考察，而凸显于某事实的状态和某现实之间的比较，凸显于一个行动和超越此行动的环境之间的比较。荒诞本质上是一种分离，不属于相比因素的任何一方，而产生于相比因素的对峙。

从智力上看问题，我可以说荒诞不在于人(如果这样的隐喻有意义的话)，也不在于世界，而在于两者的共同存在。眼下，荒诞是统合两者的唯一联系。假如我想停留在显而易见的道理上，我知道人需要什么，我知道世界给他奉献什么，而现在可以说我还知道是什么统合了他们。我无需更深挖掘了。探索者只需坚信就足够了。问题仅仅在于把一切后果弄个水落石出。

直接后果同时也是一种方法准则。奇特的三位一体，[①]一旦用这种方法加以阐明，便完全失去突然发现新大陆的那分新奇了。但具有与经验的数据相通的东西，既非常简单又非常复杂。这方面的第一个特征就是不可分割性。破坏其中一项，便破坏其整体。人类精神之外，不可能有荒诞。因此，荒诞如同万物必以死亡告终。但在这个世界之外，也不可能有荒诞。有鉴于这一基本准则，我断定荒诞的概念是本质的，这在我的真情实况中可列为第一位。上述方法的准则在这里露头了。假如我断定一件事情是真实的，我就应当加以维护；假如我介入解决一个问题，至少不应该用解决问题本身去回避问题的某一项。对我而言，唯一的已知数是荒诞。问题在于如何摆脱荒诞，在于是否从这种荒诞中推论出应当自杀。第一个条件，其实是我研究的唯一条件，就是维护压得我喘不过气的东西，就

① 指基督教圣父、圣子和圣灵合成的神。

是必然尊重我断定其自身具有的那种本质的东西。我刚才是将其当做一种对峙和一种不息的斗争来下定义的。

把这种荒诞逻辑推至极限时，我应当承认，这种斗争意味着彻底缺乏希望(跟绝望毫不相干)，意味着不断的拒绝(不应与弃绝相混淆)以及意识到的不满足(不要联想到青春不安)。一切破坏、回避或缩小这些要求的(首先是赞同取消分离)，都有损于荒诞并贬低了由此可能提建议的态度。只有在不赞同荒诞的条件下，荒诞才有意义。

现有一种显而易见的事实，似乎完全是精神上的，那就是一个人始终是自己真情实况的受难者。这些真情实况一旦被承认，他就难以摆脱了。付出点儿代价在所难免。人一旦意识到荒诞，就永远与荒诞绑在一起了。一个人没有希望，并意识到没有希望，就不再属于未来了。这是天意。但世人竭力逃脱自己创造的世界，也是天意呀。在此之前的一切，恰恰只在考量这种悖论时才有意义。世人从批判唯理主义出发去承认荒诞氛围，从而推广他们所得的结果，在这方面着手研究他们的推广方式，是最有教益的了。

然而，我若坚守存在哲学，显而易见，一切存在哲学无一不劝我逃遁。存在哲学家们通过奇特的推理，在理性的残垣断壁上从荒诞出发，在对人封闭和限制的天地里，把压迫他们的东西神圣化，在剥夺他们的东西中找出希望的依据。凡有宗教本质的人都抱有这种强制的希望。这是值得一谈的。

不妨分析一下谢斯托夫和克尔恺郭尔特别重视的几个主题，以资印证。但先提一下雅斯贝尔斯给我们提供的例证，他把这类例证推至漫画化。剩下的就比较清楚了。雅斯贝尔斯无力实现超验性，无法探测经验的深度，却意识到世界被失败震撼了，这就不去管他了。他会进步吗？或至少从失败得出结论？他没有带来任何新的东西。他在经验中什么也没发现，只承认自己无能为力，连个借口都没找着，推论不出令人满意的原则。但这个原则未经证明就由他脱口而出了，他一口气同时认定超验性、经验的存在以及生命的超人意义。他写道："难道不是失败超越了一切解释和一切可能的说明，显示了不是虚无而是超验性的存在？"[①]这种存在，突然之间通过人类信念的某个盲目行动，对一切作了解释，并下了定义，称之为"一般与特殊难以设想的统一"。这样，荒诞就变成了神明（指该词最广泛的意义而言），这种理解上的无奈也就变成了照亮万物的存在。逻辑上没有任何东西引得出这种推理。权称跳跃吧。有悖常理的是，雅斯贝尔斯执著地、无比耐心地使超验性的经验无法实现。因为似是而非越不可捉摸，定义就显得越徒劳无

① 这是雅娜·海尔什归纳雅斯贝尔斯《存在哲学》中的一个想法，参见她的《哲学幻想》，第 179 页。

益，他就越觉得超验性是真实的：他的解释能力和世界及其非理性的经验之间存在距离，而他致力于肯定超验性的激情恰恰跟这一距离成正比。这样看来，雅斯贝尔斯千方百计打破理性的偏见，是因为他要把世界解释得更彻底。这个委曲求全的思想圣徒，在极端受辱中，去找能使最彻底的存在得以再生的东西。

神秘思想使我们熟知上述过程。这些过程可与任何精神形态都合情合理。但我此刻的做法，好像要认真对待某个问题。我不去预断这种形态的一般价值及其教益的能量，只想权衡这种形态是否符合我给自己提出的条件，是否与我感兴趣的冲突相称。为此，我要重提谢斯托夫。一位评论家援引他的一句话，值得注意："唯一真正的出路恰恰处在人类判断没有出路的地方。否则我们需要上帝干吗？我们转向上帝只是为了得到不可能得到的东西。至于可以得到的，世人足以对付得了。"[①] 如果说有什么谢斯托夫的哲学，我可以说他的哲学完全由这句话概括了。谢斯托夫作了充满激情的分析之后，发现了一切存在的基本荒诞性，他不说"这就是荒诞"，而说"这就是上帝：还是拜托上帝为上策，即使上帝不适合我们任何一种理性范畴"。为了不至于发生混淆，这位俄国哲学家甚至

① 参见谢斯托夫《钥匙的权力》，但引文最后的两句原文是："只是当人要得到不可能得到的东西时才转向上帝。而为了得到可能得到的，世人求助于同类。"

暗示上帝也许是记恨的、可憎的、不可理喻的、矛盾百出的，但只要上帝的面目是最可怕的，就可确定其强大。上帝的伟大，在于叫人摸不着头脑；上帝的证据，在于不通人情世故。哲学家必须自身跃进，并通过这个飞跃来摆脱理性幻想。因此，谢斯托夫认为，接受荒诞的同时，就是荒诞本身的体现。证实荒诞等于接受荒诞。谢斯托夫的思想逻辑致力于把荒诞暴露在光天化日之下，以便一箭双雕，使荒诞带来的巨大希望涌现出来。这种形态再次证明是合理的。但我在此固执地只考量一个问题及其一切后果。我不必审视一种思想或一个信德行为如何楚楚动人，本人有的是时间去研究。我知道理性主义者对谢斯托夫的态度十分恼火。但我觉得谢斯托夫反理性主义很有道理，因此我只想知道他是否始终忠于荒诞之戒律。

然而，假如我们承认荒诞是希望的对立面，我们便发现存在思想对谢斯托夫而言，是以荒诞为前提的，但论证荒诞只不过为了消除荒诞。这种思想微妙恰如杂耍儿的一种动人把戏。此外，当谢斯托夫把他的荒诞和流行的道德及理性对立起来，他就把他的荒诞称为真理和救世。所以从荒诞的根基和定义上看，谢斯托夫是赞成荒诞的。假如承认上述概念的全部能量存在于冲击我们最基本的希望方式中，假如感到荒诞为了生存而要求我们不必赞同，那显而易见荒诞失去其真面目，失去其相对的人性，从而进入既不可理喻却又令人满意的永恒。若有荒诞，必在人间。荒诞概念一旦变成永恒的跳板，便不再与人的清晰感知相连。那么荒诞不再是世人所证实却不赞同的明显事实了。斗争被回避了。人融入荒诞，并在融为一体中消除自身的本质特性，即对立性、破坏性和分裂性。这种跳跃是一种逃避。谢斯托夫非常乐意援引哈姆雷特的话：The time is out of joint(时间脱节了)，他是怀着诚惶诚恐的希望引用的，这个说法可视为出自他的手笔。其实哈姆雷特说的并非这层意义，也非莎士比亚笔下的原意。陶醉于非理性和痴迷于使命感，使荒诞背离了洞若观火的精神。谢斯托夫认为，理性是徒劳无益的，而理性之外则有点儿东西。一般荒诞说认为，虽然理性徒劳无益，但理性之外却什么也没有了。

这一跳跃至少能让我们对荒诞的真正本质看得更清楚一点。我们知道荒诞只在平衡中才有价值，首先只在比较而并非在比较的各个阶段才有价值。而谢斯托夫恰恰把荒诞的全部重量压在某一阶段，从而破坏了平衡。我们对理解的渴求、对绝对的怀念都恰恰只有在能够理解和解释许多事情的条件下才可以说清楚。绝对否定理性是徒劳无益的。理性有自己的范畴，在自己的范畴里是有效的。这正是人类经验的范畴。所以我们想要把一切都搞个水落石出。反之，我们之所以不能把什么都搞清楚，荒诞之所以应运而生，恰恰因为碰上了有效而有限的理性，碰上了不断再生的非理性。然而，当谢斯托夫迁怒于黑格尔这类命题时，指出："太阳系是按照一成不变的规律来运行的，这些规律就是太阳系的依据”[1]；当谢斯托夫竭尽激情解体斯宾诺莎的唯理主义，他的结论正好落在一切理性的空虚处。由此，通过一种自然的、不合理的反向，他的结论终于达到非理性的最佳处。这里特别涉及例外概念，并且是反亚里士多德的。但过渡不明显，因为限度的概念和范围的概念可以介入此处。自然规律在某个限度内是有效应的，超过限度就反误自身，造成荒诞。抑或，自然规律可以在描写范围合理化，而不必在解释范围真实化[2]。此处一切都为非理性牺牲了，由于对明晰的要求被掩盖了，荒诞就随着与之比较的某个阶段消失了。相反，荒诞人并没有失之水准，既承认斗争，又绝对不藐视理性，也接受非理性。这样，他审视了经验的全部已知数，在弄清楚以前是不大会跳跃的。荒诞人只知道，在谨小慎微的意识中，不会再有什么希望了。

在列奥·谢斯托夫的著作中明显可见的，也许在克尔恺郭尔的著作中更为明显。诚然，在一位如此不得要领的作者那里，很难归纳明确的命题。然而，尽管看上去是些针锋相对的作品，但越过化名、花招和微笑，贯通整个作品却使人觉得是对某种真理的预感(同时也是恐惧)，这个真理终于在最后的著作中显露出来：克尔恺郭尔也跳跃了。他幼年那么畏惧基督

① 参见谢斯托夫《钥匙的权力》。
② 尼采语，参见《权力意志》。

教，晚年终于又回来面对基督教最严峻的面孔。对他亦然，二律背反和有悖常情成为信教者的准则。一直使他对人生意义及深刻性产生绝望的东西，现在却给他指明人生的真谛，给他擦亮了眼睛。基督教是会引起丑闻的，克尔恺郭尔直言不讳，他所要求的，正是依纳爵·罗耀拉①所要求的第三种牺牲品，即上帝最乐意享受的牺牲品："智力牺牲品"。这种"跳跃"效果很古怪，但不该再让我们吃惊。克尔恺郭尔把荒诞转变成另一个世界的标准，而荒诞只不过是人间经验的残留物。他说："信仰者在失败中取得了胜利。"可以设想，此处我忽略了信仰这个基本问题。但我并非研究克尔恺郭尔或谢斯托夫的哲学，抑或下面要谈及的胡塞尔哲学（必须另找地方和另选精神形态），我只向他们借个主题，并研究其后果是否可能符合已经确定的规则。权当在下一意孤行吧。

我不必寻思这种形态与哪种感人肺腑的预言有关。我只需思考荒诞的景象与荒诞固有的特性是否让这种形态站得住脚。在这点上，我知道并非如此。重温一下荒诞所含的内容，就更好理解使克尔恺郭尔得到启迪的方法了。在世界的非理性和荒诞的叛逆情怀之间，克尔恺郭尔保持不了平衡。确切地说，对产生荒诞感所需的因果关系，他是不在乎的。既然确信逃脱不了非理性，他至少想摆脱绝望的怀念，因为他觉得绝望的怀念

① 依纳爵·罗耀拉（1491？—1556），天主教耶稣会创始人。

是没有结果的，是没有意义的。但，如果说下判断时他在这个问题上是对的，那么作出否定时他就不一定是对的了。假如他以狂热的参与来代替他反叛的呐喊，那他就被引向无视荒诞，而正是荒诞至今一直使他心明眼亮，进而他被引向神化非理性，即他此后唯一的坚信。加里亚尼神甫曾对德·埃皮纳夫人[①]说过，重要的不是治愈，而是带着病痛活下去。克尔恺郭尔则想治愈。治愈，是他狂热的愿望，这愿望贯穿他的全部日记。他的努力尤其使他失望，因为每当闪电间瞥见自己的努力付之东流，譬如他谈起自己时，好像对上帝的畏惧和虔诚都不能使他安宁。就这样，他通过一种饱受折腾的借口，使非理性有了面目，把不公正的、前后不一的、不可理解的荒诞所具备的特性赋予了自己的上帝。在他身上，惟有智力千方百计地压制人心深处的要求。既然什么都未得到证明，那一切皆可得以证明了。

正是克尔恺郭尔本人向我们透露所走过的道路。这里我不想作任何猜测，但在他的著作中，难道看不出灵魂近乎自愿地为荒诞而接受残伤的斑斑痕迹吗？这是《日记》的主旋律："我所缺乏的是兽性，因为兽性也是人类命运的组成部分……总得给我个兽体呀。"下文还写道："哦！尤其在少年时期，我是多么想望成为男子汉哪，哪怕六个月也好……我所缺少

---

① 加里亚尼神甫(1728—1787)，意大利外交家、经济学家和作家。德·埃皮纳夫人(1726—1783)，法国贵夫人、文学家。此话引自 1777 年 2 月 8 日神甫给她的信。

的，其实是个躯体，是存在的体貌状况。”在别处，同样的男子汉把希望的呐喊变成自己的呐喊，那希望的呐喊贯穿了多少世纪，激励过多少人心，但就是没有打动过荒诞人的心。“但基督教徒认为，死亡丝毫不是一切的终结，死亡意味着无穷无尽的希望，对我们来说，是生活所包含的希望无法比拟的，甚至比充满健康和力量的生活所包含的希望还要多得多。”[①]通过丢脸的事来调和，依旧是调和嘛。调和也许使人看到从其反面，即死亡，汲取希望。但，即使同情心使人倾向这种态度，也应当指出超限度是证明不了什么的。有人便说，超越人类的尺度，因此必然是超人的。但“因此”这个词多余了。此处并没有逻辑的确实性。也没有实验的可能性。我最多能说，这确实超越了我的尺度。要是我不由此得出一种否定，至少我决不会在不可理解的东西上立论。我很想知道是否可以随我所知而生活，而且仅仅凭我所知。有人对我说，智力应当在此牺牲自傲，理性应当在此低头。但我即使承认理性的限度，也不会因此而否定理性，因为我承认理性相对的威力。我只要求自己处在中间的路上，在这里智力可以保持清晰。要说这就是智力的自傲，那我看不出有充足的理由将其摒弃。举个例子，克尔恺郭尔认为绝望不是一个事实，而是一种状态：罪孽本身。他的

① 以上几段引言均出自克尔恺郭尔的《日记》，法文版，伽利玛出版社出版。

看法再深刻不过了。因为罪孽意味着远离上帝。荒诞，是悟者的形而上状态，不是通向上帝的[1]。也许这个概念会明朗起来，假如我斗胆冒天下之大不韪说出：荒诞是与上帝不搭界的罪孽。

荒诞的这种状态，重要的是要生活在其中。我知道它建立在什么基础上，这种精神和这种世态彼此支撑却不能融合。我请教这种状态的生活准则，得到的忠告则是忽视其基础，否定痛苦的某个对立项，干脆迫使我放弃了事。我想知道承认作为自身状况的条件所引起的后果，我得知这意味着黑暗和无知，却有人硬让我确认无知意味深长，黑暗就是我的光明。但他们没有回应我的意图，这种鼓舞人心的抒情，对我掩盖不了反常现象。所以必须改弦易辙。克尔恺郭尔可以大喊大叫，警世喻言："假如世人没有永恒的意识，假如在一切事物的内部，只有一种野蛮和沸腾的力量，在莫名其妙的情欲旋涡中产生万事万物，伟大的和渺小的，假如永远填不满的无底洞隐藏在事物的背后，那么人生不是绝望又会是什么呢？"他的呐喊阻挡不住荒诞人。追求真的东西并不是追求适当的东西。假如为了逃避"什么是人生？"这个难题，那就应当像驴子那样充满美丽的幻想，这样荒诞人便不会迁就谎言，更乐意心平气和地接受克尔恺郭尔的答案："绝望。"总而言之，一个坚定不移的灵

① 我没有说"排斥上帝"，这仍然是肯定。

魂总有办法应对万变的。

这里，我斗胆把哲学的自杀称之为存在形态。但这并不意味着一种判断，不过是图个方便，为指出一种思想活动，即思想否定自身，并倾向于在引起否定自身的东西中超越自身。对存在学者而言，否定是他们的上帝。确切地讲，上帝只靠否定人类理性才得以支撑。再明确一次，这不是对肯定上帝提出质疑，而是逻辑使然。有如各种自杀，诸神也随着世人而变化。跳跃的方式虽有好多种，但关键在跳跃。对种种救世的否定，对否定人们尚未跳跃的障碍的种种最终矛盾，既可能产生于某种宗教的启示(这是推理所针对的悖论)，同样也可能产生于理性的范畴。这些否定和矛盾由于一贯追求永恒，这才在此关节上跳跃了。

还应当指出，这篇散论所遵循的推理，完全撇开我们开明的时代最流行的精神形态，这种形态所依据的原则是一切皆理性，旨在解释世界。对世界自然要有个明晰的看法，既然大家都承认世界应当是明晰的，这甚至是合情合理的，但不涉及我们这里所进行的推理。我们推理的目的确实在于揭示思想的方法。当我们的推理从论世界无意义的哲学出发，最后却发现世界具有某种意义和深度。这些方法最为悲怆的是宗教的本质，在非理性的主题中得到了阐明。但最为反常、最耐人寻味的则是这样的方法，即把自己种种理直气壮的理由，给予首先想像没有主导原则的世界。不管怎样，倘若没有对怀旧思想的新体会说出个道道儿来，恐怕难以达到使我们感兴趣的结果。

我只不过研究“意向”，这个主题让胡塞尔和现象学家们炒得很时髦。上文已经提到了。最初，胡塞尔的方法是否定理性的传统方法。思想，不是统合，不是把以大原则面目出现的表象弄得亲切感人。思想，是重新学习观察、重新学习引导自己的意识，重新学习把每个形象变成一个得天独厚的意境。换句话说，现象学摒弃解释世界，只愿成为切身体验的描述。现象学与荒诞思想休戚相关，最初都认定没有什么真理，只有一些道理而已。从晚风到搭在我肩上的手，事事都有自身的道理。这就是意识，通过意识给予道理的关注，使道理明晰可辨。意识并不构成认识自身的对象，只确定不怠，是关怀备至的行为，借用柏格森式的形象，就像投影机，一下子就把自己确定在一个形象上[①]。不同之处，在于没有脚本，却有既连续又不连贯的画面。在这盏神灯中，所有的形象都是得天独厚的。意识使其关注的对象在经验中处于悬念状态，把关注的对象奇迹般地一一孤立开来。从此，这些对象便处于一切判断之外。正是这种“意向”确定了意识的特征。但词语并不意味着任何终结性概念，而在自身的“方向”上被使用其含义，因此

① 参见柏格森《物质与记忆》第一章。

词语只有形貌的价值。

乍一看，似乎没有什么东西与荒诞精神唱反调。思想所披的外表谦虚，只限于描写思想所摒弃解释的事情；这种志愿的纪律一开始就促使经验极大地丰富起来，尽管不合常理，促使世界在其叽叽喳喳中复兴，这些都是荒诞的行为方式，至少初看是如此。因为思想方法在此情况和彼情况下，始终具备两副面孔：一副心理的，另一副形而上的。[①]假如意向性的主题只想阐明一种心理状态，而现实不是被这种状态解释，而是被耗尽，那确实没有任何东西可以把现实与荒诞思想分离。该主题旨在列出其不可超验的东西，只肯定在没有任何统合的原则下，思想还能在描述和理解经验的每副面孔时找到快乐。于是对经验的每副面孔而言，这里涉及的道理是属心理范畴的。这道理只是表示现实可能呈现的“利害”。唤醒一个沉睡的世界，并使其精神上生气勃勃，这不失为一种方式。假如有人想扩展和合理建立这个道理的观念，假如有人硬想这样来发现每个认识对象的“本质”，那就给经验恢复了深度。对一个有荒诞精神的人来说，这是不可理解的。然而在意向形态中，由谦虚向自信的摆动是明显的，从而现象学思想的闪烁将比任何东西都更好地阐明荒诞

① 甚至最严格的认识论都以形而上为前提，以至于当代大部分思想家的形而上学都只有一种认识论。

推理。

胡塞尔讲的意向所揭示的“超时间本质”，好像是柏拉图的传声筒，说什么不是用一件事情解释所有的事情，而是用所有的事情解释所有的事情，我看不出有什么不同。诚然，这些理念或本质是意识每次描述之后所“确立”的，还不想让它们成为十全十美的模式罢了。但肯定它们直接出现在知性的一切数据中[①]。再也没有解释一切的唯一理念了，但有一种无限的本质给予无限的对象某种意义。世界静止了，但明晰了。柏拉图的现实主义变成直觉的了，但依然是现实主义。克尔恺郭尔坠入了自己的上帝的深渊，巴门尼德[②]则把思想推入单一之中。但这样一来，思想便投入一种抽象的多神论中去了。更有甚者，幻觉和虚构也就成为“超时间本质”的一部分了。在理念的新世界中，半人半马怪物[③]族群与更谦逊的主教族群合伙了。

荒诞人认为，世界万般面目个个得天独厚，在这种纯心理舆论中，既有道理也有苦涩。一切皆得天独厚就等于说一切均相等相同。但这个道理的形上面目把荒诞人引得很远，使他不禁觉得也许更接近柏拉图。果不其然，人们教导他说，一切形

① 居尔维奇的原话应该是：“它们直接出现在现实世界中，并一般地出现在知性和想像的一切数据中。”参见《德国哲学的当前倾向》。

② 巴门尼德认为“有”或“存在”是单一的、有限的、不变的和不可分割的，“存在”和思维是同一的。

③ 希腊神话中的一种怪物，有些与神和人为敌，有些则与神和人为友。

象都以相同的得天独厚的本质为前提。在这个没有等级的理想世界上，正规军只由将领组成。超验性恐怕是被取消了。但思想的一个急转弯却把某种支离破碎的内在性再度引入世界，于是这种内在性恢复了自己在天地间的深度。

我这个主题的创造者，在比较谨慎地处理了主题之后，该不该担心把主题扯得太远了？不妨读一下胡塞尔下面的断语："真的东西自身是绝对真的；真理是单一的；与其本身相一致，不管感知者是何方生灵：世人，魔鬼，天使或诸神。"[①]这段话看似悖论，却叫人感到逻辑严密。大写的理性旗开得胜，并以这种见识大肆鼓吹，我无法否认。但胡塞尔的断语在荒诞世界有何意义？天使或神祇的感知对我没有意义。神明的理性核准我的理性，对这种轨迹，我始终莫名其妙。为此，我又识破了一次跳跃，因为这种跳跃要在抽象中进行，对我的意义不亚于遗忘，即要我忘记恰恰不肯忘记的东西。胡塞尔在同书下文中惊呼："假如受地心引力牵制的全球大众消失了，引力定律并不因此被推翻，只不过无法被应用了。"[②]我这才明白自己面对的是一种慰藉玄想。假如我想发现思想在哪个道岔上离开了不言自明的道理，我只需要重读胡塞尔谈及精神时与

① 参见胡塞尔：《逻辑研究》第一卷，第100页，转引自谢斯托夫：《钥匙的权力》，第329页。

② 参见胡塞尔：《逻辑研究》第一卷，第199页，转引自谢斯托夫：《钥匙的权力》，第329页。

上述那段话相平行的推论："假如我们能够清晰地静观精神程序的确切规律，恐怕看得出这些规律同样是永恒不变的，如同理论自然科学的规律。因此，假如没有任何精神程序，这些规律依然有效。"[①]即使精神不存在，而精神规律依然存在。于是我恍然大悟，胡塞尔硬想把心理真实变成理性准则：他在否定了人类理性的容纳能力之后，通过旁门左道跃入永恒的大写理性。

于是，我对"具体天地"[②]这一胡塞尔的主题不可能感到吃惊了。所有的本质不都是形式的，其中有物质的，前者是逻辑的对象，后者是科学的对象，对我而言，这只不过是个定义的问题。有人向我断言，抽象仅指某个具体天地的一个部分，而这个部分本身则是不稳定的。但上文揭示的摆动使我能够澄清这些术语的含糊。因为可以说我注意的对象，比如天空，比如水在大衣下摆的反光，把我凭兴趣从世上分离出来的现实精华只留给了自己。对此，我不会否定的。但也可以说，这件大衣本身是普遍的，有其特殊而充足的本质，属于形式世界。于是我明白了，人们只不过改变了程序的先后。这个世界在上天那里不再有自己的映象了，但形式的天空却出现在地球上的形象族群之中了。对我而言，这没有任何变化。我此处发现的，

---

① 转引自谢斯托夫：《钥匙的权力》，第 392 页。
② 参见居尔维奇：《德国哲学的当前倾向》，第 25、28 页。

既非对具体的爱好，亦非人类状况的意义，而是一种信马由缰的智力主义，足以把具体本身也一概而论了。

通过低三下四的理性和趾高气扬的理性这两条相反的途径，把思想引向各自的否定，对这种表面的反常现象大可不必感到惊讶。从胡塞尔的抽象上帝到克尔恺郭尔的闪光上帝，两者的距离并不大嘛。理性和非理性导致相同的说教。实际上道路无关紧要，有到达的意志足以解决一切。抽象哲学和宗教哲学从相同的惶恐出发，又在相同的焦虑中相互支持。但关键在于作出解释。这里，怀旧比科学更强烈。意味深长的是，当代思想既受到主张世界无意义的哲学最深刻的渗透，又对该哲学的结论深感切肤之痛。它不断在现实极端理性化和极端非理性化之间摇摆，现实理性化导致现实分裂成理性典型，而现实非理性化则把现实神化。但这种分离仅仅是表面文章。问题在于握手言和，好在两种情况无论哪一种，跳跃一下就和解了。人们总是错误地认为理性的概念是单向的。这种说法不管在据理力争时多么严密，其实并不因此而不比别的说法更为灵活。理性带有人情味十足的面目，但也善于转向神明。普洛丁[①]第一

① 普洛丁(205—270)，埃及出生的罗马哲学家，新柏拉图哲学体系的创建人，利用柏拉图的形而上神话(尤其是爱的辩证法)，通过沉思和狂喜来建立一种达到天人合一的神秘宗教。加缪的大学毕业论文《基督教形而上学和新柏拉图主义》，第三章《神秘理性》专论普洛丁，因为谢斯托夫经常在《钥匙的权力》中援引普洛丁的话。

个善于把理性与永恒的氛围协调一致。从此，理性便学会偏离其最珍贵的原则，即矛盾，以便融入最离奇也最神奇的参与原则。那个时代，理性不得不适应，否则就死亡。理性终于适应了。随着普洛丁的出现，理性从逻辑性的变成美学性的。隐喻取代了三段论。况且这不是普洛丁对现象学唯一的贡献。整个这种形态已经包含在亚历山大学派思想家非常珍视的观念中了，以至不仅有一种世人的理念，而且产生了一种苏格拉底的理念。总之，理性是思想的工具，而不是思想本身。一个人的思想首先是他的怀念。

理性曾平息过普洛丁式的悲怆，同样也把手段给予现代焦虑，以使后者在永恒的亲切背景下得以平静。荒诞精神就没有那么走运了。世界对它，既不那么理性，也不那么非理性。荒诞精神是不可理喻的，仅此而已。理性在胡塞尔那里最终失去了界限。相反，荒诞可确定其界限，因为无力平息其焦虑。克尔恺郭尔则从另一方面认定，只要有一个界限就足以把理性否掉。但荒诞没有走得那么远。对荒诞而言，界限仅针对理性野心勃勃的扩张。非理性主题，恰如存在哲学家们所设计的那样，就是自乱阵脚的理性，就是自我否定的同时自我解脱的理性。荒诞，则是确认自身界限的清醒理性。

正是在这条艰难道路的尽头，荒诞人认出自己真正的理性依据，把自己苛刻的要求和别人向他建议的东西作了比较，突然感到要改弦易辙了。在胡塞尔的天地里，世界变得清晰明确了，而世人对亲热孜孜以求的渴望变得毫无用处了。克尔恺郭尔在世界末日论中不得不放弃对明晰的渴望，如果这种渴望想要得到满足。知情(在这份账上，大家都是无辜的)和渴望知情，其罪孽不是那么同等的。恰恰这是唯一的罪孽，荒诞人能够感觉得出来，既可将其变成自己的罪过，也可将其变成自己的无辜。有人向荒诞人建议这样一种结局：以往所有的矛盾只不过算作论战游戏。但荒诞人的感觉并非如此。必须保留以往一切矛盾的真实性，即得不到满足的真实性。荒诞人坚决不要说教。

我的推理决然忠实于不言自明的道理。这种使荒诞人觉醒的道理，就是荒诞，就是抱有希望的精神和使人失望的世界之间的分离，就是我对统合的怀念，就是分散的天地，就是把上述一切联结起来的矛盾。克尔恺郭尔消除了我的怀念，胡塞尔聚合了分散的天地。这不是我所等待的。问题在于体验和思考这些切肤之痛，在于知道应当接受还是应当拒绝。问题不可能在于掩盖不言自明的事实，不可能在于否定荒诞方程某一项的同时取消荒诞。必须知道人们是否可能凭荒诞而活着或是否逻辑要求人们因荒诞而死亡。我对哲学性自杀不感兴趣，只对单纯性自杀感兴趣。我只想消除自杀的情感内容，从而认识自杀的逻辑性和诚实性。其余一切态度对荒诞精神而言，意味着精神回避和在精神所揭示的东西面前退却。胡塞尔说要随意摆脱“在某些众所周知、简单方便的生存条件下生活和思想的积习”，但他认为，最后的跳跃为我们恢复了永恒和永久安逸。跳跃并非像克尔恺郭尔所企盼的那样呈现极端的危险。相反，危险存在于跳跃前的微妙时刻。善于在令人眩晕的山脊上站稳[①]，这就是诚实性，其余皆为托词。我也知道性无能从未引发过如同克尔恺郭尔笔下那种楚楚动人的和谐。但，假如无能为力在历史无动于衷的景色中有自己的位置，那在推理中却是找不到位置的，因为我们现在知道了推理的苛刻性。

① 该形象出自胡塞尔《笛卡儿主义的沉思》导言，转引自居尔维奇。

荒诞自由

现在主旨已定。我掌握着几个不言自明的道理，爱不释手。我所知道的，我认为可靠的，我无法否认的，我不能舍弃的，就是重要的。我可以全盘否定通过不确定的怀念而产生的那部分自我，但不包括对统合的愿望，对决策的渴望，对明晰性和一致性的苛求。在这包围我冲撞我或驱使我的世界中，我可以对一切置之不理，但不包括混沌，不包括千载难逢的偶然和产生于混乱的神圣等值。我不知道是否存在超越世界的意义，但知道我并不认识这种意义，目前也不可能认识。在我生存状况之外的意义对我而言意味着什么？我只能通过人间俗语加以理解。我触及的，我遇到抵制的，就是我所理解的。我对绝望和统合的渴求以及世间对理性的、合理的原则的不可制约性，是两件肯定无疑的事情，我无法将两者调和，这也是我所知道的。我还能认知什么其他的真理？除非要怀着不属于我的希望不放吗？这种希望在我生存条件的限制下还有任何意义吗？

假如我是林中之树，兽中之猫，这生命可能有一种意义，或更确切地说，这样提问并没有什么意义，因为我是世界的一部分。我没准儿就是这个世界，所以现在以我全部的意识和全部的放肆苛求来跟世界闹对立。正是如此可笑的理由把我置于一切创造的对立面。我不能将其一笔抹杀。我认为真的东西，我应该加以维护。我觉得十分显而易见的东西，即使对我不利的，也得支持。是什么形成这种冲突的实质，是什么造成世界和我的精神之间的断裂，如果不是我对此所具备的意识又是什么呢？我之所以决意如此，是因为受到意识的支持，一种持续不断的意识，总在更新的意识，总是紧张的意识。这就是我目前应当牢记的。在这种时刻，荒诞，既十分明显可见又十分难以征服，进入一个人的生活，找到了故土。还是在这种时刻，精神可以离开清醒的努力这条既缺乏想像力又枯燥乏味的途径。这条途径现在通向日常生活，找回无名氏的世界，但世人从此带着反抗心和洞察力回到这个世界。他把希望置之脑后了。现实这个地狱，终于成了他的王国。所有的问题重新显露其锋芒。抽象的阐明面对形式和色彩的抒情性退隐了。精神冲突表现出来了，重新找到人心这个贫困而大方的庇护所。任何冲突都没有解决，但所有的冲突都改变了面目。去死亡，去越障逃避，去重建与之相称的思想和形式大厦？还是相反，去支持荒诞这种令人心碎而妙不可言的挑战？让我们为此做出最后的努力和自食所有的后果吧。人体，温情，创造，行为，人类高贵，定将在这疯狂的世界重新取得各自的地位。世人终将找到荒诞的醇酒和冷漠的面包来滋养自身的伟大。

还要强调一下方法，贵在坚持嘛。荒诞人在人生道路的某个阶段是受到怂恿的。历史不乏宗教，不乏先知，甚至不乏神明。世人要求荒诞人跳跃。他所能回答的，只是不太理解，只是事情并非显而易见。他光想做自己心知肚明的事情。人家硬对他说这叫傲慢罪，但他不懂罪孽观；还对他说也许地狱已在尽头，但他没有足够的想像力，无法给自己描绘这种奇特的未来；又对他说，他正在失去不灭的寿命，但他觉得这无关紧要。人家很想让他承认罪过，可他觉得自己是无辜的。说真的，他的无罪感是无法修理的，仅此而已。正是这种清白使他无法无天。因此，他严以律己，**仅仅**凭借他所知道的东西生活，眼见为实，随遇而安，不让任何不可靠的东西掺和。人家回答他，没有任何东西是可靠的。但至少此话是可靠的。于是他与这份可靠性打交道：他渴望知道是否可以义无反顾地生活。

现在我可以谈谈自杀观了。已经感觉得出可能有怎样的解答，以致问题被颠倒了。事先得弄清楚，人生是否应当具有值得度过的意义。此处显示的正相反，生活因没有意义而过得更好。体验经验，经历命运，就是全盘加以接受。然而，假如面对意识所揭示的荒诞而不千方百计加以维持，那么一经知道命运是荒诞的，就不会去经历了。否定荒诞赖以生存的对立面中有一项是逃避荒诞，而取消有意识的反抗，就是回避问题。不断革命的主题就这样转移到个体经验中去了。生存，就是使荒诞存活。使荒诞存活，首先是正视荒诞。与欧律狄刻相反①，荒诞只在人们与其疏远时才死亡。这样，唯一前后一致的哲学立场，就是反抗。所谓反抗，是指人与其自身的阴暗面进行永久的对抗。苛求不可能有透明，每时每刻都要叩问世界。正如危险向人提供抓住反抗这一不可替代的机会，同样形而上的反抗也把意识贯穿于经验的始末。反抗就是人自身始终如一的存在，不是憧憬，也不是希望。这种反抗只会遇到不可抵抗的命运，又缺乏本应与命运形影相随的逆来顺受。

这里，我们看出荒诞经验与自杀相去多么遥远。我们可能以为自杀紧随反抗。不对了。因为自杀并不象征反抗的逻辑结局，而完完全全是反抗的反面，通过对假设的赞同看得出来。自杀，恰如跳跃，是对自身局限的承受。一切得以善终，于是人返回其本质的历史。人识别其未来，唯一而可怕的未来，并投入其间。自杀以自身的方式解除了荒诞，把荒诞拽住，同归于尽。但我知道，荒诞是要坚持原状，是解除不了的；如果说意识到死亡又拒绝死亡，那就逃脱自杀了。荒诞就是死囚的鞋带，处在死囚临终思想的尽端，因为死囚行将眩晕坠落，对一切视而不见，偏偏瞥见近在咫尺的鞋带，故而自杀者的反面恰好是死囚。

① 欧律狄刻被蛇咬伤致死。其丈夫俄耳甫斯美妙的歌声感动了冥王，获准他把妻子带回人间。此处意为："与欧律狄刻还阳相反。"

反抗将自身价值给予人生，贯穿人生的始末，恢复人生的伟大。对眼光开阔的人而言，最美的景观莫过于智力与超过人的现实之间的搏斗[①]。人类傲慢的景观是无与伦比的。任何诋毁都奈何不得。精神严以责己的纪律，全副钢铁锻造的意志，面对面的针锋相对，都具有某种强烈而奇特的东西。现实的非理性造就了人的伟大，把这种现实贫乏化，就是同时把人贫乏化。于是我明白了为什么种种学说向我解释万事万物的同时倒使我衰弱了。这些学说卸掉我固有的生命重负，而这本应该是由我独自承担的。在这个转折点上，我不能设想怀疑主义的形而上会与弃世的道理结盟。

觉悟和反抗，这两种违拗是克己出世的反面。人心中一切不可制伏和充满激情的东西都朝着人生的反面激励着人的觉悟和反抗。重要的是死得很不服气，而不是死得心甘情愿。自杀是一种忘恩负义。荒诞人只能耗尽一切，包括耗尽自己。荒诞使他极端紧张，而他不断孤军奋战，维持紧张。因为他知道在日复一日的觉悟和反抗中，他表现出自己唯一的真相，即挑战。这是首要的后果。

这种经过磋商的立场，在于得出由一种毫无掩饰的概念所

---

① 参见《论神意》，作者塞涅卡（约前 65—前 4）是古罗马哲学家、戏剧家。他认为上帝喜欢这样的搏斗。

引出的种种后果（仅指后果），倘若我坚持这种立场，就面临第二种悖论。为坚持这种方法，我根本不必管形而上的自由问题。对人是否自由，我不感兴趣。我只能体验自身的自由。对于自身的自由，我不可能具有一般的概念，但有几个简要的看法。“自在自由”的问题没有意义。因为它以完全不同的方式与上帝的问题相联系。要知道人是否自由就迫使我们要知道是否有个主子。这个问题的特殊荒诞性产生于概念本身可能提出自由的问题，故而等于把自由问题的意义又全部取消了。因为在上帝面前，自由的问题根本不如邪恶的问题。大家知道两者择一：要么我们不是自由的，这样万能的上帝就对邪恶负责了；要么我们是自由和负责的，这样上帝就不是万能的了。对这个悖论的不可置辩性，一切学派的微妙论证都没有一丝一毫的增加和减少。

因此，一个我抓不住的概念，一旦超出我个人的经验便失去意义，我不能纠缠在对此概念的激扬或简单定义中。我不能理解一个优秀分子赋予我的自由所涵盖的东西。我失去了等级感。我的自由观念只能是囚徒的自由观或国体中现代个体的自由观。我认得的唯一自由，是精神自由和行动自由。然而，若说荒诞打消了我获得永恒自由的一切可能性，反倒还给我行动自由和激励我获取行动自由。剥夺希望和未来意味着增加人的不可约束性。

碰到荒诞之前，平常人的生活带有目的，关心未来或总想辩护(至于为谁或为啥辩护倒不成问题)。平常人估量着自己的运气，指望着来日，指望着退休或儿子们的工作。他仍相信生活中某些东西能有所归宿。真的，他做起事来，就像是自由的，即使所有的事实都会证明他没有自由。碰到荒诞之后，一切都动摇了。“我思故我在”的想法，仿佛一切都有意义的行为方式(即使一有机会我便说一切都没有意义)，这一切都被可能死亡的荒诞性推翻了，令我晕头转向。想到未来，确立目标，有所爱好，这一切意味着相信自由，即使有时深信感受不到自由。但在这样的时刻，高层次的自由，即唯一能建立真理的**存在**自由，我深知是不存在的。在此死亡是唯一的现实。死亡之后，木已成舟。我是没有永存自由的，只不过是奴隶，尤其是没有永恒革命希望的奴隶，这样的奴隶不去求助藐视。不革命不藐视，谁能保持当奴隶？没有永恒作保证，什么自由能在充分意义上存在？

但同时，荒诞人懂得，迄今为止，与他紧密相连的自由公式建立在他赖以生存的幻想之上。在某种意义上说，这把他拴住了。如果他为自己的生活想像出一种目的，他就服从必须达到目的之要求，成为自身自由的奴隶。由此，做起事来，只会当仁不让，俨然是个家长，或工程师，或人民的领导，或邮电所的临时雇员。我相信可以选择做什么人而不做什么人。我无意识相信罢了，这倒是真的。但同时坚持我对周围人的信仰公式，对我的人文环境所做的公式：其他人那么确信是自由的，而且这种好情绪那么有感染力！尽管可以远远地躲开成见，道德的或社会的，但总会接受部分成见，对其中较出色的成见（成见有好有坏嘛），甚至让生活去适应。这样，荒诞人就明白实际上是不自由的。明确些说，如果我抱有希望，如果我为自己固有的真相担心，为存在或创造方式担心，总之，如果我支配自己的生活，并证明我承认生活有意义，那我就为自己创造了藩篱，从而把我的生活圈禁起来了。那我就像众多靠精神和心灵吃饭的公务员一般行事了，他们引起我厌恶，我现在看清楚了，他们只是认真对付人的自由，除此之外，一概无所事事。

在这一点上，荒诞启发了我：没有未来嘛。从此这就成为我极大自由的依据。这里我要做两个对比。神秘主义者首先发现要给自己一种自由，从而自由地沉溺于他们的神明，自由地认同神明的戒律，他们自己也不知不觉变得自由起来了。他们是在本能认同的奴隶状态中获得无比的独立性。但这种自由意味着什么？可以特别指出，面对自己，他们**自我感觉**自由，但感到不如被解放那么自由。同样，全盘转向死亡（死亡在此被视为最明显的荒诞），荒诞人便感到如释重负，剩下凝结在他身上那种对死神的偏执关注，把无关的一切都卸掉了。面对普通的规范，他领略到一种自由。这里我们看到存在哲学的开端主题保其全部价值。返回意识，逃离日常沉睡，形象地表现荒诞自由最初的活动。但受到攻击的却是存在**说教**，荒诞自由这种精神跳跃骨子里是逃脱意识。如出一辙（这是我的第二个对比），古代奴隶是不属于自己的。但他们却体验到不必有负责感的自由。这里涉及事实的比较，而非对谦卑的赞赏。荒诞人是随俗之人的对立面。死神也有贵族长老的手段，既镇压，也解放。

沉溺于无尽头的坚信中，从此对自己的生活感到相当陌生，足以像情人似的盲目增岁，走完人生历程，这里包含一种解放的要素。有如一切行动自由，这种新生的独立已告终，不对永恒开支票。但替代对**自由**的幻想，人一旦死亡，这些幻想统统停息。某天拂晓，监狱的门在死囚面前层层打开，死囚表现出神圣的不受约束性，除了生命纯粹的火焰外，对一切都令人难以置信的冷漠。人们感觉得出来，死亡与荒诞，是唯一合乎情理的自由要素：这样的自由，人心可以体验和经历。这是第二种后果。荒诞人于是隐约看见一个灼热而冰冷的、透明而有限的天地，在那里什么也干不了，一切都定得死死的，过了这片天地，便是倾覆和虚无。荒诞这时可以决定同意在这片天地里生活，从中汲取自己的力量，对希望予以摒弃，对无慰藉的生活作固执的见证。

然而，在这样的天地里生活意味着什么？眼下只不过意味着对未来的冷漠和耗尽已知的一切激情。相信生活的意义，一直意味着一种价值等级，一种选择，也意味着我们的种种偏爱。相信荒诞，按我们的定义，则是相反的教益，倒值得一谈。

人是否能义无反顾地生活，是我全部兴趣之所在。我寸步不离这块阵地。这种外加给我的生活面貌，我能将就吗？然而，面对这特殊的担忧，对荒诞的信仰相等于用经验的数量来代替经验的质量。假如我确信这样的生活只有荒诞的面目，假如我体会到生活的全部平衡取决于一种永恒的对立，即我有意识的反抗与其在挣扎时有难言之隐之间那种永恒的对立，假如我承认我的自由只在与其有限的命运相关时才有意义，那么我不得不说重要的不是生活得最和睦，而是生活得最充实。我不必操心这是庸俗还是令人厌恶，是风雅还是令人遗憾。这里，价值判断给排除了，一劳永逸地让位于事实判断。我只需从我的所见所闻得出结论，不拿任何假设的东西去冒险。假定这样生活是不正直的，那么是真正的正直迫使我不正直。

生活得最充实，从广义上讲，这条生活准则毫无意义。必须将其明确下来。首先似乎对数量这个概念挖掘得不够。因为数量概念可以使人了解大部分人类经验。一个人的道德，其价值等级，只是通过人经历的经验所积累的数量和种类来看才有意义。然而，现代生活的条件强加给大多数人同样数量的经验，从而也是同样深刻的经验。诚然，也非常应当重视个体的本能性贡献，就是他身上的“已知项”。但我不能对此作出判断，我的准则在这里再次表明是处理直接显而易见的事情。于是我看清，一种共同道德的特性与其说在于推动道德原则的重要理想，不如说更在于可以分门别类的经验标准。说得强词夺理一点儿，希腊人曾有他们娱乐的道德，正如我们现今有八小时工作制的道德。但已经有许多人，包括最具悲剧性的人物让我们预感到，一种更加漫长的经验会改变这张价值表。他们促使我们像冒险家那样想像平常事，单凭经验的数量就打破所有的纪录(我故意使用体育用语)，从而赢得自己的道德。数量有时出产质量。按照科学理论最新的定性成果，一切物质都由若干能量中心构成。其或多或少的数量形成或多或少的特殊性。十亿个离子和一个离子的区别，不仅在数量，也在质量。类似之处在人类经验中很容易找到。不过，让我们摆脱浪漫主义吧；当一个人决意接受打赌并严格遵守他所认可的赌规时，那就让我们弄明白上述形态意味着什么。

打破所有的纪录，这首先并且惟独要尽可能经常面对世界。如何做得到不闹矛盾和不搞文字游戏呢？因为，荒诞，一方面指出一切经验都是无足轻重的，另一方面又趋向最大量的经验。那么怎能不跟上述那类众多的人随波逐流呢？如何选择给我们带来尽可能多的人文材料的生活形式呢？从而怎样引入另一类人硬要摒弃的价值等级呢？

但依然是荒诞及其矛盾的生命向我们诉说。因为错误在于认为经验数量取决于我们的生活环境，其实只取决于我们自己。这里，不妨简单地看问题。对于两个寿命相等的人，世界始终提供相同数量的经验。我们必须对此有所意识。感觉到自己的生活，自己的反抗，自己的自由，感觉越多越好，这就是生活，生活得越充实越好。清醒占上风的地方，价值等级就没有用了。不如再简单化一点儿，这么说吧，唯一的障碍，唯一“错过赚钱的机会”，是由过早死亡造成的。这里所烘托的天地得以生存，只因与死亡这个恒定的例外相对立。就这样，在荒诞人看来，任何深度、任何动情、任何激情、任何牺牲都不能把四十年有意识的生活和六十年持续的清醒等量齐观，即使他希望如此也不行。对虚无观如此不同的概念作同样的思考，丝毫于现实既不增加也不减少。在虚无的心理经验中，考虑到二十年后将发生的事情，我们自己的虚无才真正有意义。从某个方面来看，虚无完完全全是由未来的生活总和造成的，而未来生活则是不属于我们的了。疯狂和死亡，是荒诞人不可救药的事情。人是不可选择的。他具备的荒诞和多余的生命是**不以人的意志为转移的**，而取决于其反面，即死亡[①]。讲句掂斤播两的话，这仅仅是个运气问题。不同意也得同意。二十年的生活与经验，是永远替代不了的。

像希腊人如此老资格的民族，居然期望早夭的人们受到诸

① 这里，意志是代理人，倾向维护意识，提供生活纪律，值得重视。

神的宠爱，未免轻率得离奇了。假如人们愿意承认，进入诸神可笑的世界，等于永远失去最纯洁的快乐，所谓快乐就是感觉，就是感觉在人间，那倒是再现实不过了。今日，今日复今日，向着不断有意识的生灵，这就是荒诞人的理想。但这里，理想一词走板了。理想不是荒诞人的使命，而仅仅是他推理的第三个结果。对荒诞的沉思，从不合人情的焦虑意识出发，在人类反抗的激情火焰中漫游之后，又回到旅程的终点。重要的是前后一致。这里，我们从世上的一种共识出发。而东方思想教导说，我们在选择反对世界的同时可以从事相同的逻辑努力。这也是合情合理的，并给本散论指出前景和局限。但同样严格地对世界进行否定时，我们有时得出某些与吠檀多派（古代印度哲学中的一派）相似的结果，比如关于事业的冷漠性。让·格勒尼埃以这种方式在一本题为《抉择》的重要著作中，建立了一种真正的"冷漠哲学"。

综上所述，我从荒诞取得三个结果，即我的反抗、我的自由和我的激情。我仅仅通过意识的游戏，就把对死亡的邀请变为生活的准则——而且我拒绝自杀。想必我认知了在那些日子里成天萦绕的沉重共鸣。但我只有一句话要说，因为共鸣是不可缺少的。尼采写道："显而易见，天上和地上的主要事情就是长期朝一个方向**顺从**：久而久之便产生某些东西，值得为之活在世上，诸如德行，艺术，音乐，舞蹈，理性，精神，某种使旧貌换新颜的东西，某种精美的、疯魔的或神奇的东西。”[①]他写此话时，表明了大家风度的道德准则。然而，他也指明荒诞人的道路。顺从灼热的激情，这既是最容易的又是最困难的。好在人与困难较量的同时，偶尔也对自己作出评价。惟有这样的人才能做到。

阿兰说：“祈祷，就是黑暗笼罩思想。”[②]“但精神必须与黑暗相遇”，神秘主义者和存在主义哲学家答道。[③]诚然，那不是合眼时产生的黑暗，不是仅仅由人的意志而产生的黑暗，总之，不是精神为了迷失方向而激起的那种漆黑一团的黑夜。假如精神应当遇到黑夜，那宁可是绝望的黑夜，尽管这种绝望是清醒的；那宁可是极地的黑夜，精神的不眠之夜，从中也许会升起白色而贞洁的亮光，以智力的光辉把每个物件照得轮廓分明。在这个层次上，等值就与满腔热情的理解相会了。届时甚至不必审理存在的跳跃了。精神在古老的人类形态中重新获得自身的地位。对观者来说，假如精神是有意识的，这种跳跃仍不失为荒诞的。精神要是以为清除了这种反常现象，倒将其全然恢复了。以此理由，精神是楚楚可人的；以此名义，一切重归原位，荒诞世界在其光辉和多样中再生了。

---

① 参见尼采：《超脱善恶》，第 183 页。

② 阿兰(1868—1951)，法国哲学家、散文家和文学史家。此话出于《理念与时代》(1927)，伽利玛出版社，第一卷，第 15 页。引语原话为：“祈祷，就是感觉到疲倦来临，黑暗笼罩所有的思想。”

③ 参见谢斯托夫：《死亡的启示》，法文版，第 183 页。

然而，浅尝辄止是糟糕的；满足于独自一家的看法，自节矛盾，即自节一切精神力量中最灵敏的力量，是很困难的。以上所述仅仅确立一种思想方法。现在，重要的是生活。

荒诞人

假如斯塔夫罗钦信教，他不信他信教。
假如他不信教，他不信他不信教。

——陀思妥耶夫斯基《群魔》[①]

① 参见《群魔》第二部第六章《有所用心的一夜》，法文版。

歌德说："我的能力范围就是时间。"① 这真是荒诞警句。荒诞人究竟是什么？就是不为永恒做任何事情，又不否定永恒的人。他并非对怀念一窍不通，但喜爱自己的勇气和推理胜过怀念。勇气教他学会义无反顾地生活，教他知足常乐，而推理教他认识自己的局限。虽然确信他的自由已到尽头，他的反抗没有前途，他的意识可能消亡，但他在自己生命的时间内继续冒险。这就是他的能力范围，就是他的行动，他审视自己的行动，而排除一切评判。对他而言，一种更加伟大的生活不能意味着另一种生活。否则就会不诚实了。这里我甚至不提被人称之为后世的那种可笑永恒。罗兰夫人② 寄希望于后世。这种轻率咎由自取。后世倒乐意引用这个词，但忘了加以评判。后世对罗兰夫人漠然视之。

问题不在于论述道德。我见过一些人，他们讲着三从四德，却干坏事；我每天观察到诚实不需要清规戒律。只有一种道德，荒诞人可以接受，就是须臾不离上帝的道德，因为是自律的。而荒诞人恰恰生活于上帝之外。至于其他的道德(我也指背德)，荒诞人只发现世人一味为其辩护，他就没有什么好辩护的了。这里，我是从荒诞人无辜这一原则出发的。

这种无辜是可畏的。“一切皆许可！”伊凡·卡拉玛佐夫惊呼。这未免荒诞，但以不可庸俗理解为条件。我不知道大家是否注意到，重要的不是解脱和快乐的呐喊，而是出自苦楚的确认。对上帝赋予生活以意义的确定，在吸引力上，大大超过不受惩罚的恶势力。选择不会很困难。但无从选择，于是苦楚就开始了。荒诞不是解套的，而是束缚的，不是一切行为都是允许的。“一切皆许可”并不意味着任何东西都不维护了。荒诞只不过把行为的等值回归成行为的结果罢了。荒诞并不劝人犯罪，要不然就幼稚了，但把悔恨的无用性恢复了。同样，假如所有的经验都可有可无，那么义务的经验就同其他的经验一样合情合理了。人们就可以任着性子获取德行了。

行为的后果使行为合乎情理或使行为一笔勾销，所有的道德都建立在这一理念上。一个满脑子荒诞的智者，只不过判断行为的结果必须平心静气地得到考量。他随时准备付出代价。换言之，对他而言，即便有可能应该负责任的，也没有应该负罪责的。至多，他同意说，利用过去的经验为其未来的行为打基础。时间养活时间，生活服务生活。他觉得，除清醒明察之

---

① 此语出处不详。但歌德在其《格言与思考》中写道：“时间本身也是一种自然现象。”引言很可能是加缪从别处转录的。

② 罗兰夫人（1754—1793），法国政治家。法国大革命时期吉伦特派主要领导人之一。失败后被捕入狱，1793年11月8日被革命法庭处死。

外，什么都是不可预测的。从这种不可理喻的秩序中产生怎样的准则呢？唯一使他觉得有教益的真理却不是形式的，而是活跃和展开在世人中间的。所以，荒诞智者在推理之后可能寻求的不是伦理准则，而是一幅幅寓意图景和世人的生活气息。下文描述的几个形象即属此类。形象人物一边继续荒诞推理，一边表现荒诞智者的形态，并向他奉献热忱。

一个范例不一定是必须遵循的范例（在荒诞世界里若有可能，更非如此），而寓意图像并非因此而成为典范，难道我还需要发挥这一理念吗？除非天职使然，人们原封不动地从卢梭那里吸取必须爬着行进，从尼采那里吸取赞成粗暴地对待母亲，未免显得可笑了吧。一位现代作家写道："成为荒诞是理所当然的，但不应受骗上当。"[①]下文涉及的形态，只有考量其反面时才具有全部的意义。一名邮局临时工和一个征服者若有共同的意识，那他们就是平等的。在这方面，所有的经验都可有可无了。有的经验帮助人，有的经验则帮倒忙。人要是觉悟了，经验就帮得上忙。否则，无关紧要：一个人的失败不能怪环境，要怪他自己。

我只选择一味消耗自己的人物或我意识到他们耗尽自己。但到此打住。眼前，我只想谈论一个世界，那里思想和生活被

① 参见拉歇尔·贝斯帕洛夫：《途径与十字路口》，1938 年，法文版，第 33 页。

剥夺了前途。促使世人工作和活动的一切都在利用希望。因此，唯一不说谎的思想是一种不结果实的思想。在荒诞世界里，观念的价值或生命的价值是根据不结果实的程度来衡量的。

唐璜主义

若说只要爱就行了，事情未免太简单了。爱得越深，荒诞就越牢固。唐璜搞女人一个接一个，并非缺乏爱情。但要把他当作受到上天启示而追求完美爱情的人来表现便可笑了。正因为他以同等的冲动去爱一个个女人，并且每次都用全身去爱，他才需要重复这种天赋和深化这种性爱。由此，每个女人都希望给他带来其他女人从未给过他的东西。但每一次她们都错了，大错特错了，只能使他感到重复搞女人的必要。其中一个女人不禁喊道："毕竟我给了你爱情啊！"他答道："毕竟？不，又多了一次罢了。"[①] 人们难道会对唐璜的嘲笑感到意外吗？为什么必须爱得少而又少才爱得深呢？

唐璜忧伤吗？不见得。我几乎不必查考编年史。唐璜的嘲笑，得意扬扬的放肆，他跳过来蹦过去，偏爱做戏，这些都是一目了然的，快快活活的。一切健康的人都倾向于繁衍。唐璜也是如此。再说，忧伤者有两种忧伤的理由，要么他们无知识，要么他们抱希望。而唐璜有知识，却不抱希望。他使人想到一些艺术家，他们认知自己的局限，从不越雷池一步，在他们的精神有所寄托的短暂间歇，拿着大师的架势，怡然自得。这正是天才之所在：智力识其边界。而唐璜直至躯体死亡边界，仍不知忧伤。一旦得知忧伤，便失声大笑，便对一切都宽恕了。从前，在他，希望之日便是忧伤之时。现今，他从眼前的女人嘴上，重新发现的滋味是独一无二的学问所具有的那种苦涩和慰藉。苦涩？不尽然吧，这种必要的不完美，反倒使得幸福明显可感了。

试图在唐璜身上看出饱读圣书的传教人物，那就大上其当了。因为他认为，除非希望有下世的生活，世事无不皆空。他身体力行，竟然敢冒天下之大不韪而故弄玄虚。悔恨把欲望消磨在享乐中，这种无能的老套子跟他无缘。对浮士德倒很合适，此公笃信上帝，足以把自己出卖给魔鬼。对唐璜而言，事情比较简单了。莫利纳笔下的“骗子”[②]面对地狱的威胁总是回答：“求你给我一个长一点儿的期限吧！”去世之后的事微不足道，善于活着的人，日子才长哩！浮士德诉求人间财富：不幸的人只要伸手就行了。不善于使自己的灵魂快乐，这已经是出卖自己的灵魂了。唐璜则相反，他要求满足。倘若他离开一个女人，绝不是对她不再有性欲了。一个漂亮的女人总是引人产生性欲的。而他是否对另一个女人产生性欲，那不是一码

① 引自普希金的《唐璜》。

② 莫利纳（1583—1648），西班牙剧作家，“骗子”是其性格喜剧《塞维尔的骗子》中的主角，属唐璜形象首次出现于戏剧。

事儿。

今世的生活令他心满意足，没有比失去这样的生活更糟糕的了。唐璜这疯子是个大智者。靠希望生活的世人与世格格不入，在这个世上，善良让位于慷慨，柔情让位于雄性的沉默，亲和让位于孤胆的英勇。世人众口一词："他曾是个弱者，理想主义者或圣人。"必须铲除凌辱人的伟大。

唐璜的言论以及那些用来对付一切女人的套话引起众怒（抑或会意的笑贬低了他欣赏的东西）。但对于追求欢乐数量的人来说，惟有效果才是重要的。传令已经暗度陈仓，何必使之复杂化？女人，男人，没有人理睬传令，只听得见发出口令的声音。所谓传令就是准则、协议和礼节。口令既出，至关重要的是去执行。唐璜早有准备，却为何会给自己提出个道德问题？他不像米洛兹笔下的马纳拉[①]，渴望立地成佛而自罚入狱。对他而言，地狱是世人挑动起来的东西。面对神明的愤怒，他只有一个回应，那就是做人的荣誉。他对神差说："我名誉在外，我履行诺言，因为我是骑士。"但要是把他当作背德者，那也是大谬不然的。在这方面，他像大家一样，有其同情或厌恶的规矩。只有始终参照他的平庸象征，即象征平常的

① 米洛兹（1877—1939），法国诗人、作家，原籍立陶宛。其剧《米盖尔 · 马纳拉》（1913）塑造了一个孤独而烦忧的唐璜形象。

勾引者和拈花惹草的男人，才可充分理解唐璜。他是个平平常常的勾引者[1]。区别在于他是有意识的，因为他是荒诞人。一个成为明察的勾引者不会因此而改变。勾引是他的常态。只有在小说里才改变常态或变得好起来。然而可以说，什么也没改变，同时一切又都变样了。唐璜付诸行动的，是一种数量伦理，与圣人追求质量相反。不相信事物的深层意义，是荒诞人的固有特色。那一张张热情或惊喜的面庞，他一一细看，一一储藏，一一焚毁。时间追踪他前进。荒诞人是与时间形影不离的人。唐璜并不想“收藏”女人。他穷尽其数量，跟女人们一起耗尽生命的机遇。收藏，就是能够靠过去而生存。但他拒绝离情别恨，这是另一种形式的希望。他是不善于看相的。

他因而就自私吗？恐怕以他的方式利己吧。但还是要有个说法。有些人，生而为活；有些人，生而为爱。唐璜至少乐意说穿。但他选择了长话短说，他可以做到。因为人们这里所说的爱情是用对永恒的幻想装饰起来的。研究激情的所有专家都如此告诉我们，永恒的爱情只有强扭的。没有斗争就没有激情。这样的一种爱情只在死亡这个最后的矛盾中得以结束。必须要么当维特[2]，要么什么也不是。鉴于此，有好几种自杀方

① 充分意义上的平常，连带他的缺点。哪怕一种健康的态度，也包含缺点。
② 歌德《少年维特之烦恼》中的主人公。

法，其中之一是完全奉献和遗忘自身。唐璜跟别人一样，深知这可以动人心弦，又像极少数人深知重要的并不在于此。他也知道得一清二楚，一次伟大的爱情使人们扭头不顾全部个人生活，这些人可能充实起来，但肯定使他们选中的人们贫乏下去。一位母亲，一个激情洋溢的女人，必然心肠生冷，因为这颗心已与世隔离。而感情专一，从一而终，面孔一张，一切随之被吞噬了。是另一种爱动摇了唐璜，作为解放者的爱，随身带来人间各式各样的面孔。之所以战战兢兢，因为自知是过眼云烟。唐璜选择了“什么也不是”。

对他而言，重要的是洞若观火。我们把一些人与我们相联系的东西称之为爱，是参照一种集体的看法，由书本和传说负责提供来源。但，我只认知，所谓爱，是指欲望、柔情和聪慧的混合物，把我与某个人紧密相连。这种混合物因人而异。我没有权利用同样的名称去涵盖所有的体验。大可不必以同样的举动去进行体验。荒诞人在这里又增加了他不能划而为一的东西。就这样，他发现了一种新的存在方式，这种方式，至少像解放接近他的人们那样，解放了他自己。惟有明知露水情是独特的爱，才是慷慨大度的爱。对唐璜而言，是一起起死亡和一个个再生造就了他的生命花束。这是他提供的方式，也是他赖以生存的方式。判断是否可以称作自私，我悉听众便。

这里，我想起所有那些绝对希望唐璜受到惩罚的人们。不仅在来世受到惩罚，而且就在今世受到惩罚。我还想起所有那些关于老年唐璜的故事、传说和嘲笑。其实唐璜早有准备。对一个醒悟的人来说，衰老及其预示的事儿不会出乎意料。他之所以有悟，恰恰不是向自己隐瞒衰老的可怖。在雅典，有一座神庙，供奉老年。人们把儿童带到那里去。对唐璜来说，人家越嘲笑他，他的形象就越亮眼。由此，他拒绝浪漫派赋予他的形象。结果，百般受折磨、可怜兮兮的唐璜，谁也不想嘲笑他了。他受到怜悯，上天会拯救他吗？不会的。在唐璜隐约见到的天地里，可笑**也是**被理解的。他认为受惩罚是正常的。那是游戏规则。他接受了全部的游戏规则，这正是他的慷慨之处。但他清楚自己在理上，谈不上什么惩罚。一种命运并非就是一种惩罚。

这便是他的罪孽，而追求永恒的世人称之为对他的惩罚，犹可理解。他掌握了一种不含幻想的科学，把世人所宣扬的一切给否定了。性爱与占有，征服与耗尽，正是他的认识方式。《圣经》把“认识”称为性爱行为，圣书偏爱的这个词语含有深义。假如他不把世人放在眼里，他就是世人最凶恶的敌人。一位编年史家转述道，真有其人的“骗子”是被方济各修会的修道士们谋杀的，他们决意“了结唐璜的放纵和对宗教的不虔诚，因为唐璜的高贵出身确保了他不受惩罚”。之后，他们宣告，上天用雷把他劈死了。没有人证明过这种奇怪的结局。也没有人做过相反的证明。然而，不必考量是否符合实情，我就可以说这是符合逻辑的。这里我仅仅记住“出身”一词，不妨借题发挥一下：出生入世活着就确保他的无辜。他只在死后才背罪名，而现今他的罪过却成了传奇。

石头骑士这座冰冷的塑像，意味着动员人们去惩罚敢于思想的有血性有勇气的人，除此之外，还能意味什么？永恒理性、秩序、普遍道德的全部权力，乃至易怒的上帝全部的奇怪权威，都集于其一身。这块没有灵魂的巨石仅仅象征被唐璜永远否定的势力。骑士的使命到此为止。霹雳和雷公可以回到人为的天上，从哪儿召来回到哪儿去吧。真正悲剧的上演与他们毫不相干。不，唐璜并非死在石头骑士的手下。我乐意相信传说中的对抗，相信健全人疯狂的笑声，此人向不存在的上帝挑战。我尤其相信，唐璜在安娜家等待的那个晚上，骑士根本没有来；半夜过后，不信宗教的唐璜必定嗅出那帮振振有词的人们极大的苦衷。我更乐意接受有关他一生的记叙，最后以进入修道院隐姓埋名而告终。并非故事有建设性就能被视为真实可靠。向上帝恳求怎样的庇护？无非表现被荒诞全盘侵蚀的一生合乎逻辑的终结，被转向欢乐而短命的一生战战兢兢的结局。这里，享乐以苦行而告终。必须明白享乐和苦行可能成为同样毫无意义的两副面孔。还指望什么更可怖的形象：一个身不由己的人的形象，此人由于没有及时死亡，做完戏以便收场，面对他不敬重的上帝，侍奉上帝就像为生活尽心一般，跪在虚无面前，双臂伸向天空，心里却清楚，上天既无口才亦无深度。

我仿佛看见唐璜置身于山丘僻壤某个西班牙修道院的陋室中。假如他凝视什么，决不是烟消云散的爱情幽灵，而或许是通过灼热的枪炮窗孔，眺望西班牙某处静悄悄的平原，绚丽而空旷无人的土地，在那块土地上，他认出了自己。是的，应当止于这伤感而光辉的形象上。终结的终结是被翘首以待的，却永不被期望的，终结的终结是不足为训的。

戏 剧

哈姆雷特说："演戏，就是设陷阱，我将在陷阱中抓住国王的意识。"[①] 好个"抓住"。因为意识要么疾走，要么收步。必须凌空抓住，即意识在投向自己匆匆一瞥那个千载难逢的时刻。常人不喜欢迟缓。相反，什么都在催他。但同时，他只对自己感兴趣，尤其对他可能有的作为感兴趣。由此产生对戏剧对演出的爱好，戏里有那么多的命运向他推举，他接受其诗意却不需忍受其苦楚。常人至少从中认出未觉悟的人，并继续匆匆奔向不知怎样的希望。荒诞人始于常人结束的地方，那里荒诞智者停止观赏表演，却决意加入演戏。深入所有剧中人的生活，多方体验，等于亲自把种种生活搬上舞台。不是说演员普遍听从这种召唤，也不是说他们是荒诞人，而是说他们的命运是一种荒诞命运，可能诱惑和吸引一个聪慧的心灵。为使下文不至于误导，以上所述是必要的。

演员生涯如同过眼烟云。众所周知，在所有的荣耀中，演员的荣耀是最为昙花一现的。至少在常谈中可以这么说。其实一切荣耀都是昙花一现。从天狗星的角度来看，歌德的作品一万年后将化为尘埃，他的姓氏将被遗忘。也许有几个考古学家会寻找我们时代的“证据”。这种理念总是有教益的。此种深思熟虑的理念把我们的浮躁化为彻底的高尚，就是人们从无动于衷中发现的那种高尚。尤其把我们的忧虑引向最可靠的东西，即眼前的东西。在所有的荣耀中，最不骗人的是眼见为实的荣耀。

因此，演员选择了不可计数的荣耀，即自己给自己盖棺定论，自己感受自己的荣耀。万物总有一天消亡，正是演员从中取得最好的结论。演员要么成功，要么失败。而作家即使被埋没，也抱着希望。他设想他的作品将为他的过去做见证。演员最多将给我们留下一帧照片，属于他的任何东西，包括举动和沉默，短促的呼吸或爱情的气息，都到不了我们眼前。对演员而言，不出名就是不演出，而不演出，等于与他本可以使之登台和复活的各种人物一起死亡一百次。

想到建筑在最昙花一现的作品上所产生的过眼烟云的荣耀，有什么可惊讶的呢？演员花三个小时做一做伊阿古或阿尔塞斯特，费德尔或格罗塞斯特[2]。在短短的时间里，演员使上述人物在五十平方公尺的舞台上诞生和死亡。荒诞从来没有表现得如此充分，如此长久。这些奇妙的人生，这些独一无二又

---

① 国王系指理查·格罗塞斯特公爵，英国国王，莎士比亚多部剧作中的人物，如同《理查三世》中的主人公。

② 这四个人物分别为莎士比亚的《奥赛罗》、莫里哀的《恨世者》、拉辛的《费德尔》和莎士比亚的《理查三世》中的主人公。

完整无缺的命运，在几小时内展开和结束，还期望什么更具启示性的捷径？从舞台下来，希吉斯蒙[1]什么也不是了。两小时后便有人看见他在城里吃晚饭。或许这时候倒是人生如梦了。但继希吉斯蒙之后，又出来另一个人物。苦于拿不定主意的主人公代替了复仇之后大喊大叫的人物。演员就这样经历了多少世纪，领悟了多少智者，模仿了他可能成为的人物和他切身体验的人物，再来与另一个荒诞人物会合，后者便是旅行者。他一如旅行者，取尽了某些东西之后，又不停地奔波。他是时间的旅行者，更有甚者，是受灵魂追逐的旅行者。一旦数量的裨益找得到食粮，那必定是在这个奇特的舞台上找到的。至于演员在多大程度上得益于剧中人物，那就难说了。但关键不在于此。要紧的仅仅是演员在什么程度上替身于那些不可代替的人生。确实，有时候他随身附着那些人物，而他们时不时越出他们出生其间的时间和空间。他们陪伴着演员，弄得演员不太容易与曾经有过的样子分离。有时候演员拿起杯子，就会重复哈姆雷特举杯的动作。是的，他所注入生命的人物与他的距离不是那么大的。于是，月复一月或日复一日，他充分表明如此丰盈的现实，以至于在一个人渴望成为的和现实存在的之间不存在界限了。在多大程度上表演的存在成为现实存在，这是他所证明的，为此他始终用心演得更出色。因为这就是他的艺术

[1] 卡尔德隆的剧作《人生如梦》中的人物。

哇，绝对装得像的艺术，尽可能深地进入不属于他的某些生活中去。尽其努力，他的天职便豁然开朗：全心全意致力于成为“什么也不是”或成为“好几个人”。留给他创造人物的局限越窄，他的才能就越必不可少。他要在今天的面目下过三小时就死亡。他不得不在三小时内体验和表现整个非同寻常的命运。这叫做死而复生。过三小时，他将把走不通的路走到底，而观众席上的人却要走一辈子。

演员模仿过眼云烟的东西只在表面上有所作为和精益求精。戏剧的约定俗成，是心灵仅仅通过举动和形体或通过表现灵魂和肉体的声音来表达和使人理解。这门艺术的规则是一切都要夸张，一切都要有血有肉地表达。假如在舞台上，必须像真爱那样去爱，必须运用不可替代的心声，必须像真的凝望那样凝望，那我们的言语就有代码了。沉默必须此地无声胜有声。爱情使调门高昂，静止不动本身变得很有看头。形体统治舞台。“戏剧性的”不是谁想做就做得出来的，这个词被错误地小看了，其实涵盖着一整套美学和一整套寓意。人生的一半是在欲语还休、扭头不看和沉默寡言中度过。演员在这一点上是不速之客。他为被束缚的灵魂消除魔法，于是激情终于纷纷亮相。激情通过各种手势说话，但只通过喊叫维持生命。这样，演员塑造所演的人物，加以展示。他或描绘人物或雕塑人物，把自己塑进想像出来的人物形状，把自己的血液注入人物幽灵。我说的，当然是大戏，就是使演员有机会完成其有形体的命运的戏剧。请看莎士比亚：一开场，人体着魔，驱动舞蹈。疯魔意味深长。没有疯魔，一切就会分崩离析。若没有逐放考德莉娅和判罚爱德加的粗暴举动，李尔王决不会赴被疯狂挑动的约会。所以这出悲剧在失去理智的标志下铺展是恰当的。灵魂被交给魔鬼，并与魔鬼共舞。至少有四个疯子，一个因为职业而发疯，一个因为意志而发疯，另外两个因为折磨而发疯：四具乱七八糟的躯体，四副在同一状况下难以言状的面孔。

人体的结构系统本身是不够的。脸谱和厚底靴，在主要成分上缩小和突出面孔的化妆，既夸张又简化的服装。总之，把这个领域的一切都牺牲给表象，仅仅为满足眼睛。人体通过荒诞奇迹，使人认知。我只在自己扮演伊阿古时才理解伊阿古，否则永远搞不大明白。光听伊阿古说词还不行，只在见到他那一刻才领会他。演员从荒诞人物学会单调，取得独一无二的身段，勾人心弦，既奇特又亲切，他把这种身段贯穿在所有他演的人物身上。这又说明伟大的戏剧作品有助于格调的统一。我这里想起莫里哀笔下的阿尔塞斯特。一切都是那样简单，那样明显，那样粗俗。阿尔塞斯特对抗菲林特，塞利麦纳对抗艾科昂特，整个主题围绕一种荒诞结果，是被推向终点的性格所引起的。诗句本身，“蹩脚诗句”，喃喃吐出，以示人物性格的单调。这是演员自相矛盾之所在：既单一又多样，那么多灵魂集单独演员于一身。但这是荒诞本身的矛盾，演员个体硬要达到一切经历一切，这种企图是徒劳的，这种固执是没有意义的。一向自我矛盾的东西却在他身上取得统一。就在他身上，肉体与精神会合，紧紧拥抱，这里因失败而厌倦的精神转身朝向最忠实的盟友。哈姆雷特说："祝福他们吧，他们的鲜血和判断非常奇怪地混合在一起，他们不再是命运随意点拨笛孔的笛子了。"

教会怎么不会谴责演员如此这般的操作？对戏剧艺术，教会斥责灵魂异端的急增、情感的堕落、精神触犯众怒的过分诉求，因为精神拒绝经历单种命运，从而迫不及待地投入放任自流。教会禁止演员们喜爱现时和普洛透斯式[①]的胜利，因为都是对其教诲的全盘否定。永恒不是一场游戏。一种精神若疯狂到喜爱戏剧胜于永恒，就已丧失拯救了。在"到处演出"和"永远演出"之间没有妥协。故而这种如此被人瞧不起的职业倒可能引起过分的精神冲突。尼采说："重要的不是永恒的生命，而是永远的活力。"确实，整个悲剧就在这种选择中了。

阿德里埃娜·勒古弗勒[②]在临终的床上很想忏悔和领受圣

---

① 希腊神话中变幻无常的海神，又称"海中老人"。

② 法国著名演员(1692—1730)。教会对阿德里埃娜·勒古弗勒的尸体无耻的凌辱引起伏尔泰极大的愤怒。参见伏尔泰的诗《勒古弗勒小姐之死》和他的小说《老实人》第二十二节。

体，但拒绝贬废她的职业。从而她失去了忏悔的好处。这不是为维护她深深的激情而冒犯上帝又是什么呢？这个垂死的女人含泪拒绝否定她称之为她的艺术的东西，表现出一种伟大，是她在舞台灯光前从未达到的。这是她最美的角色，也是最难坚持的[①]。在上天和一种微不足道的忠诚之间选择，喜爱自己胜于永恒或坠入上帝的深渊，是很久以来的悲剧，她必须在这种悲剧中占有一席之地。

那个时代的演员们自知已被革出教门。加入演戏的行业，就是选择地狱。教会在他们身上识别出最凶恶的敌人。有几个文学家发火了："什么，拒绝给莫里哀最后的援助！"然而，那是顺乎情理的，尤其对莫里哀而言，他死在舞台上，在粉墨化妆下结束了专供消遣的整个一生。有人提到他时，说什么天才对一切都会原谅的。不对，天才对什么都不原谅，因为天才拒绝原谅。

由此可见，演员知道什么惩罚会落到他的头上。生活本身为他保留了最后惩罚，以此为代价的隐约威胁能有何等意义？他事先体察和全盘接受的正是最后惩罚。对演员如同对荒诞人来说，过早的死亡是不可援救的。他涉猎许多面孔和世纪，其总和是任何东西都补偿不了的。但不管怎么说，事关死亡啊。因为演员必定到处出现，而时间也拽着他不放，并跟着他起

① 隐喻她担任了被教会鞭尸的角色。

作用。

只要一点儿想像力，就足以觉出演员的命运意味着什么。正是在时间中他塑造和列举一个个人物，也还是在时间中他学习驾驭他的人物。他越体验不同的人物，就越与他的人物分离。时间一到就必须死在舞台，死在上流社会。他体验的东西历历在目。他看得明明白白。他感受到了一生冒险所产生的令人心碎和不可替代的东西。他心知肚明，现在可以死了。老演员们是有退休所的。

征　服[1]

征服者说：“不对，不要以为我喜欢行动就得放弃思想。相反，我完全能够确立我所相信的东西。因为我信得有力，见得肯定和清楚。不要轻信有些人说的：‘这个么，我太明白了，就是表达不出来。’他们之所以说不出来，就是因为他们不明白或由于懒惰而浅尝辄止。”

我的见解不多。人一辈子下来发觉只为了确保一种真理而度过不少年头。单独一种真理，如果是显而易见的，就足以引导一种人生存在。至于我，对于个体，我确有一些话要说。我们应当毫不客气地说出来，必要时，带着适度的轻蔑。

一个沉默多于说话的人是一个更有价值的人。有许多事情我不会说出来，但我坚信，所有判断个体的人，为判断的依据立论，他们的经验比我们少得多。智力，扣人心弦的智力，也许预感到了应该证实的东西。然而时代及其废墟和鲜血以显而易见的事实成全了我们。古代的民族，甚至比较近代的，直至我们这个机器时代的民族，有可能衡量社会和个体的德行，有可能探求哪个为哪个服务。这首先可能是依据人心根深蒂固的差错，这种阴差阳错导致人来到世上要么侍候于人，要么被人侍候。其次可能因为社会和个体都还没有展现各自的全部技能。

我见过一些雅士，对产生于弗朗德勒血腥战争的荷兰画家的杰作叹为观止，为西里西亚神秘主义者在可怕的三十年战争中发出的祷词不胜感动。永恒的价值在他们惊讶的眼中飘游于现世的动乱之上。但时过境迁，今天的画家失去了泰然自若。即使他们本质上具备创造者所必需的心灵，我想说，一颗冷漠的心，也毫无用处了，因为大家，连圣人在内，都给动员起来了。这也许是我感触最深的。每种形式的战事失败，每种特色，隐喻也罢，祈祷也罢，被钢铁粉碎也罢，都使永恒损失一部分。我既然意识到不能与我的时间分离，便决定与时间结为一体。我之所以对个体那么重视，只因我觉得个体微不足道和备受凌辱。我知道胜利的事业并不存在，于是对失败的事业感兴趣：失败的事业需要一颗完整的心灵，同等对待失败和暂时的胜利。对自感与人世命运同舟共济的人来说，文明的一次次冲击是有些令人焦虑的。我把这种焦虑当作我自己的焦虑，同时也想赌一把。在历史和永恒之间，我选择历史，因为我喜欢事事确实可靠。我至少对历史有把握，如何否定得了负荷于我

---

① 这一节的来源如下：拉歇尔·贝斯帕洛夫曾发表论著《途径与十字路口》，评论马尔罗的《征服者》、《王家大道》和《人类状况》三部作品。一向敬重马尔罗的加缪读后，浮想联翩，写下评述上列作品的思考散论。此文开头的引言出自马尔罗的《征服者》。

的力量?

总会有一个时刻，必须在静观和行动之间作出抉择，所谓造就一个人成为一个男子汉。这种撕心裂肺的痛苦是很可怕的。对一颗骄傲的心来说，中间抉择是没有的。要么上帝或时间，要么十字架或刀[1]。这个世界有一种超越人世骚动的高层次意义，抑或除了人世骚动，任何东西都不是真的。应当与时间共存亡，抑或为一种更伟大的人生而摆脱时间。我知道人们可以将就，可以生活在世界中相信永恒。这叫承受。但我讨厌这个词，要么什么都要，要么什么都不要。我若选择行动，别以为静观对我像一片陌生的土地。但静观确实不能把什么都给我，而我失去永恒时，就想与时间结盟了。我不愿把怀念与辛酸记在我的账上一了百了，我只想看个清楚。对你们这么说吧，明天你们将应征入伍，对你们和对我，都是一种解放。个体什么也做不成，却什么都可以做。在这种奇妙的预备役期间，你们明白我为什么既激励个体又贬压个体。其实，是世界将其贬压，是我将其解放。我把个体的全部权利都给个体了。

征服者们知道行动本身是无用的。只有一种有用的行动，那就是重造世人和大地。我永远重造不了世人。但应当装得

① 参见《圣经 · 新约全书》：《路加福音》第二十二章第 36—38 节。又见卡夫卡的象征记叙《剑》。

“煞有介事”。斗争的道路使我遇见肉体。哪怕受凌辱的肉体，也是我唯一可确定的东西。我只能靠眼见为实的东西生活。造物是我的故土。这就是为什么我选择又荒诞又无意义的努力。这就是为什么我站在斗争的一边。时代对此已做好准备，我说过了。迄今为止，征服者的伟大还是地缘性的，是以征服的领土大小来衡量的。征服一词改变了含义，不再指凯旋将军了，这不是无足轻重的。伟大改变了营垒，置身于抗议和无前途之牺牲的行列了。倒不是喜欢失败。胜利还会受人企盼。但只有一种胜利，那就是永恒的胜利，是我永远不可企及的胜利。这就是我磕磕碰碰和死抓不放的地方。一次革命总是以对抗诸神而告成，即始于普罗米修斯的革命：普氏在现代征服者中独占鳌头。这是人对抗其命运的诉求。穷人的诉求只是借端而已。但我只能在人的历史行为中抓住这个精神，惟其如此，我与其会合。别以为我老于此道：面对本质矛盾，我维持我的人性矛盾，把我的明察置于否定这个矛盾的东西之中。我在贬压人的东西面前激励人，于是我的自由、我的反抗和我的激情汇合在紧张、明智和过分的重复中。

是的，人是他自身的目的，而且是唯一的目的。假如人想成为什么，也是在人生中进行。现在我毕竟明白了。征服者有时谈论战胜和克服。但他们想说的意义总是“克服自我”。你们很清楚这意味着什么。凡是人总会有时候自感与神并驾齐驱。至少人们是这么说的吧。然而，这来自人在一闪念之间，感到人的精神伟大得令人不胜惊讶。征服者只不过是世人中间的一部分，他们感觉到了自身的力量，足以肯定永远生活在高层次上，并充分意识到这种伟大。这是个算术问题，或多或少是如此吧。征服者可能成为最伟大的，但当人决意如此时，他们不能超过人本身。所以他们永远离不开人的熔炉，即便投入革命灵魂的最炽燃处。

他们在那里发现残伤的造物，但也遇见他们所喜爱所欣赏的唯一价值，即人及其沉默。这既是他们的贫乏，也是他们的财富。他们只有一种奢侈，就是过分享用人际关系。怎么会不明白在这种脆弱的天地里，一切有人性的东西都有较为脍炙人口的意义？紧绷的面孔，受威胁的博爱，人与人之间如此强烈又如此羞怯的友谊，这些都是真正的财富，因为都是转瞬即逝的。正是在这些财富中间，精神最充分感受其权力和局限，就是说精神的效力。有些人谈及天才，但天才，此词用得轻率了，我更喜欢智力。应当说智力可以是卓然的。智力照亮荒漠、控制荒漠。智力认知自身的奴性，并把它表现出来。智力与躯壳同时死亡。但，认知者，自由也。

我们并非不知道，所有的教会都反对我们。一颗心，弦绷得紧紧的，回避着永恒，而一切教会，神明的或政治的，都追求永恒。对教会而言，幸运和勇气，报酬或正义，都是次要的目的。教会提出某种学说教条，我们就必须认同遵守。而我与理念或永恒风马牛不相及。于我适合的真谛，是触手可及的，与我须臾不可分离。所以你们不能在我身上建立任何依据：征服者的任何东西都待不长久，甚至其教条也长久不了。

不管怎样，这一切的终点是死亡。我们一清二楚。我们也知道死亡结束一切，所以遍布欧洲并困扰我们中间一些人的公墓都是形骸丑陋的。人们只美化所爱的东西，死亡令我们反感，使我们厌倦。死亡也需人去征服。帕多瓦被鼠疫掏成空城，又受威尼斯人的包围，最后一名卡拉拉[1]受困其间，他在空荡无人的宫殿厅堂里边跑边喊：他呼唤魔鬼，请求一死。这是克服死亡的一种方式。把死神自以为满载荣誉的地方搞得如此面目可憎，仍不失为西方固有的一种勇气标志。在反抗者的天地里，死亡激发不公，是极端的滥用激情。

其他一些人也是不妥协的，他们选择了永恒，揭露了人间的幻想。他们的公墓在花丛鸟鸣中微笑。这很适合征服者，向他展示他所摒弃的东西的清晰形象。相反，征服者选择了黑铁围栏或无名壕沟。永恒者中最优秀的有时也不禁毛骨悚然，对智者们既充满敬意又不胜怜悯，因为后者可以带着自身死亡的这种形象生活。然而，这些智者从中获得自身的力量和自身存在的证明。我们的命运就在我们面前，正是我们的命运受到我们的挑战。出于自尊，更出于对我们无意义的状况的觉醒。有

① 中世纪意大利的名门望族。

时，我们也怜悯我们自己。这是我们觉得唯一可以接受的同情，也许是你们不理解并觉得无魄力的一种情感。但这是我们当中最大胆的人方有这种感受。我们不过把清醒者称为有魄力的人罢了，我们不需要与洞察力分离的力量。

再次说明，上述种种形象所提出的寓意，不牵涉判断，是一些素描。仅仅表现一种生活作风。情人、演员或冒险家扮演荒诞，但要是他们乐意，同样可以扮演贞洁者、公务员或共和国总统。只要知情和毫不掩饰就行了。在意大利的博物馆里，有时看见一些彩绘小屏幕，那是教士从前在囚犯们面前遮挡绞刑架的。各种形式的跳跃，匆忙跳入神性或永恒，沉溺于常人或理念的幻想，所有这些屏幕都在遮挡荒诞。但有一些无屏幕的公务员，我要讲的正是他们。

我选择了最极端的。在这个程度上，荒诞赋予他们一种王权。确实他们是无国之王。但他们比有国之君具有优势，因为他们知道各种各样的王国都是虚幻的。他们知道自身的全部伟大就在于此；一提起他们，就说隐藏的不幸，或幻灭的灰烬，那是徒劳无益的。被剥夺希望，并不就是绝望。人间的火焰完全抵得上天国的芳香。这里，我不能、谁也不能审判他们。其实他们并不力图成为优秀者，而试图成为征服者。假如明智一词用于知足者，即对自己没有的东西不胡思乱想的人，那么公务员们是些明智的人。他们之中有人知道得比谁都清楚，那就是征服者，是的，但出于精神；而唐璜，则出于认知；演员，是的，但出于聪明：“当有人将其珍贵的绵羊温情臻于完善时，此人在地上和天上都决不配享有得天独厚，即使在最好的情况下也只不过是头可笑的带角绵羊，仅此而已。还得承担不会因虚荣而完蛋，也不会用法官架势而引起公愤。”

不管怎样，必须为荒诞推理恢复最热忱的面目。想像力可以增加许多其他面目的人，他们被钉在时间上，受困于流放中，却也善于根据没有未来，没有溺爱的天地尺度来生活。于是，这个没有上帝的荒诞世界就充满了思想清晰和不抱希望的族群。而我还没有讲到最荒诞的人物，即创作家。

荒诞创作

哲学与小说

在稀薄的荒诞空气中维系的一切生命，如果没有某种深刻和一贯的思想有力地激励着，是难以为继的。那只能是一种奇特的忠诚感。我见过一些有觉悟的人在最愚蠢的战争中完成了他们的使命，却不认为自己处在矛盾之中。那是因为啥也不必解释清楚。因此，经受住世界的荒诞性就会产生一种形而上的幸福。征服或游戏，无数的爱情，荒诞的反抗，这些都是人在注定失败的战役中向自己的尊严表示敬意。

问题仅仅在于恪守战斗规则。这种思想足以养育一种精神，这种思想支持过并还在支持着一些整体文明。所以人们不否定战争。必须因战争而死，或靠战争而生。荒诞也如此：必须与荒诞共呼吸，承认荒诞引起的教训，找到体现教训的肉体。在这方面，荒诞之极乐，就是创作。尼采说："艺术，惟有艺术，我们有了艺术就可不因真理而死亡。"①

在我试图描述和以好几种方式表述的经验中，毫无疑问，一种烦忧消失之处必然冒出另一种烦忧。对遗忘的幼稚探求，对满足的呼唤，现在都引不起共鸣了。但让人保持面对世界的恒定张力，促使人迎接一切有秩序的疯魔，倒给人留下另一种狂热。于是，在这个天地里，作品就成了唯一的机会，能保持人的觉悟和确定意识的冒险。创作，就是第二次生命。普鲁斯特摸索性的、焦虑的探求，对鲜花、绣毯和焦虑精心细致的收集，没有别的什么意义。同时，普氏的创作不比演员、征服者和所有的荒诞人，每日从事持续不断的、不可估量的创造更有意义。大家都千方百计地模仿、重复和重塑各自的现实。但我们最后总会看清自己的真相。对一个偏离永恒的人来说，整个存在只不过是在荒诞面具下的过度模仿。创造，就是最大的模仿。

首先，世人心知肚明，其次他们的一切努力旨在跑遍、扩大和丰富他们刚刚登陆的无望岛[②]。但，首要的是懂得门路。因为荒诞的发现与停顿的时间巧遇时，未来的激情是在停顿的时间里逐渐形成，并取得合法的地位，甚至没有福音的人也有他的橄榄山[③]。在荒诞人的橄榄山上，他们也不可以睡觉。对荒诞人而言，问题不再是解释和解决了，而是体验和描述了。一切以英明的无动于衷开始。

描述，这是荒诞思想的最后企图，科学亦然。科学到达其悖论的终点，就停止建议，就驻足静观，就描绘自然现象永远

① 引自尼采：《偶像的黄昏》，第 24 页。
② 岛的形象一直为尼采所爱，如《查拉图斯特拉如是说》所提到的“幸运群岛”。加缪也十分偏爱这个形象。
③ 已有注释，参见前文。

原始的景色。心灵就这样点通了：把我们推至世界面貌之前的冲动感不是来自世界的深度，而是来自世界面貌的多样性。解释是徒劳无益的，但感觉留了下来，带着感觉，就有数量上取之不尽的世界所发生的不断呼唤。在这里人们懂得了艺术品的地位。

艺术品既标志着一种经验的死亡，也体现了这种经验的繁衍。好比是一种单调而热情的重复，其主题早由人世协调好了：形体，即庙宇三角楣上取之不尽的形象，还有形式或色彩，数量或灾难。因此，在创作者壮丽而稚拙的天地里，最终找到本散论的重要主题，不可漠然以对。从艺术品看出一种象征，认为艺术作品归根结底可视为对荒诞的庇护，那就错了。艺术品本身就是一种荒诞现象，只不过涉及其描述，给精神痛苦提供不了出路，相反是痛苦的一个征象，回荡在一个人的全部思想中。然而第一次使精神走出自身，把精神置于他人面前，不是使其迷失方向，而是明确指出走不通的道路：大家却偏往这条路上走。在荒诞推理的时间里，创作追随漠然和发现，标明荒诞激情的冲击点和推理的停止处。其地位在本散论中就这样自行确定了。

只需揭示创作家和思想家共有的几个主题，我们便可以在艺术作品中发现思想介入荒诞时的种种矛盾。确实，他们的共同矛盾胜过产生亲缘智力的相同结论。思想和创作也是如此。我几乎不必指出，促使他们采取这些态度的是一种相同的烦忧。从这一点出发时，这些态度是相通的。但从荒诞出发的种种思想，在我看来，很少维持得住。我从各种思想的差距或背信中非常准确地掂量出只属于荒诞的东西。同样，我得弄明白：一件荒诞作品是可能的吗？

人们未必过分强调艺术和哲学之间古老的对立裁断性。假如从过于确切的意义上理解，这种对立肯定是假的。假如只是说这两门学科各有各的特殊氛围，那恐怕是真的，但模糊不清。唯一可接受的论点是涉及囿于自己体系**中心**的哲学家和置于自己作品**面前**的艺术家之间所引起的矛盾。但这个论点的价值在于某种艺术和哲学形式，在这里我们视为次要的。脱离创作者的艺术思维不仅过时了，而且是错误的。有人指出，与艺术家相反，从来没有一个哲学家有过好几种体系。此话不错，但有个条件，即从来没有一个艺术家在不同的面貌下表达一种以上的东西。艺术的瞬间完美，艺术更新的必要性，只不过是偏见造成的。因为艺术作品也是一种构建，大家都知道，伟大的艺术家个个都那么单调。艺术家跟思想家一样，本人介入自己的作品，并在其中成长。这种相辅相成引起了最重要的美学问题。再说，根据方法和对象来区分，对确信精神目标的一致性的人来说，是再也徒劳不过的了。人为了理解和喜爱所提议的种种学科是没有界限区分的。各种学科互相渗透，而相同的焦虑又使之混同。

开始就说清楚是必要的。为使一个荒诞作品有可能产生，思想必须以其最清醒的形式加以干预。同时，思想必须不在作品中显露，要不然作为智力来指挥也行。这种悖论可用荒诞来解释。艺术作品产生于智力摒弃推理具象，标志着形体的胜利。是清醒的思想激发了作品，但就在这个行为中思想否定了自己。思想不会接受诱惑，去给描述外加一层更为深刻的意义，因为明知是不合情理的。艺术作品体现了智力的一种悲剧，但只间接地体现出来。荒诞作品要求艺术家意识到这些局限，要求艺术具体表现自身以外不具备任何其他意义。不能成为生命的终结，生命的意义，生命的慰藉。创作或不创作，改变不了什么。荒诞创作家并不坚持自己的作品。他可以放弃的，有时也放弃了。只要有个阿比西尼亚就够了。①

同时可以从中看出一种美学规则。真正的艺术作品总是合乎人的尺度的，基本上是“话到嘴边留三分”的作品。在艺术家的整体经验和反映这种经验的作品之间，在《威廉·迈斯特》②和歌德的成熟作品之间，有着某种联系。当作品硬要把全部经验给予花边解释文学时，这种联系就不好了。当作品只

① 隐喻一死了之，什么作品都没有了。阿比西尼亚现称埃塞俄比亚。相传诗人韩波死于埃塞俄比亚，尽管与事实不符，但以讹传讹，成了死亡的隐喻。

② 歌德早期系列习作，包括《威廉·迈斯特学徒年代》、《威廉·迈斯特朝圣年代》、《威廉·迈斯特戏剧生涯》。

是从经验中打造出来的一小块，只是钻石的一个小侧面，而钻石内聚的光芒无边无垠，那这种联系就好了。在第一种情况下，负荷过重，追求永恒。在第二种情况下，作品硕果累累，因为经验虽然整个儿被撇下不谈，人们却猜得出经验的丰富。对荒诞艺术家来说，问题在于取得生活本领胜过处世本领。最后，在这种气氛下，伟大的艺术家首先是个非常懂得生活的人，包括懂得活在世上既是体验又是思考。所以，作品是智力悲剧的化身。荒诞作品表明思想摒弃其威望，表明思想甘愿成为智力，而智力发掘表象，使没有理性的东西布满形象。如果世界是清晰的；那么艺术则不然。

这里不谈形式艺术或色彩形象，因为在这两种艺术中占主导的只有亮丽朴实的描绘。我们很有意思地发现，最具智力的绘画，即千方百计把现实缩减为基本元素的绘画，到最后只落个取悦于眼睛。这样的绘画只给世界留下了色彩。表达始于思想结束之时。两眼空空的少年①充斥寺庙和博物馆，艺术家把他们的哲学表现为举止。对荒诞人而言，这种哲学比所有的图书馆更有教益。从另一方面看，音乐也是如此。如果说有一种艺术缺少教益，那肯定是音乐了。音乐与数学太相近了，不会不从数学借用无缘无故性。精神根据协定的和有节度的规则跟

---

① 隐喻雕塑，此语借自于克尔恺郭尔："引人注目的是，希腊艺术在雕像上最高妙之处恰恰是缺乏目光。"（《焦虑观》）又借自于黑格尔："没有眼睛的雕塑用整个身体凝视我们。"（《美学》）

自己做游戏，这种游戏在属于我们的有声世界展开，而在我们的有声世界之外，振动与振动相遇，汇成一个非人性的天地。没有更纯粹的感觉了。这些例子太容易了。荒诞人把这些和谐与形式认作自己的和谐与形式。

然而，我很想在这里谈论一种作品，其中解释的诱惑力始终是最大的，其中幻想油然而生，其中结论几乎是不可缺少的。我要说的是小说创作。我寻思荒诞是否能在小说创作中得以维持。

思想，首先是要创造一个世界(或划定自己的世界，这是一回事儿)。从把人与其经验分离的基本不协调出发，去根据人的怀念发现一处协调的领地，去开拓一个被理性束缚的天地或一个受类似理性的东西所启迪的天地，以便能解决难以忍受的分离。哲学家，即便是康德，也是创作家。他有他的人物、他的象征和他的隐秘情节。他有他的创作结局。相反，小说走在诗歌和杂文的前面，不管表象怎样，只表明艺术的一种更为广泛的智力化。我们要搞清楚，这尤其涉及最伟大的创作家。一种体裁的丰富和高贵往往能从所含的渣滓衡量得出来。蹩脚小说的数量不应当使人忘记优秀小说的伟大。小说有小说的逻辑、推理、直觉和公式，对清晰性也有自身的要求。不妨思考一下，说一说最蹩脚的小说。几乎所有的人都自以为能够思想，而在某种程度上讲，好歹确实在思想。相反很少有人能够想像自己是诗人或要笔杆的。但一旦思想在价值上领先于风格，那么成群的人对小说就趋之若鹜了。这说出来不是什么了不起的坏事。最优秀的小说家总是对自己越来越严格。至于那些泯灭的作家，他们本来就不值得存活的。

我上面谈到的传统对立，在这种特殊情况下，就更不合乎情理了。在哲学与哲学家容易被分开的时代，这种对立是有价值的。今天，思想不再追求放之四海而皆准了，思想最好的历史恐怕是其悔恨的历史，我们知道，当体系有价值的时候，是不与体系的创作家分离的。《伦理学》[①]本身，从一个方面来看，只是一部冗长而严峻的自白而已。抽象思维终于与其肉体构架会合了。同样，肉体和激情的小说游戏，更是根据一种世界观的要求来理顺组合的。作家不再讲“故事”了，而是创造他自己的天地。伟大的小说家是哲学小说家，就是说主题小说家的对立面。诸如巴尔扎克、萨德、麦尔维尔、司汤达、陀思妥耶夫斯基、普鲁斯特、马尔罗、卡夫卡，只举这么几个吧，他们就是如此。

他们选择形象而不用推理来写作，恰恰揭示了他们共有的某种思想，这种思想确信一切解释原则都是无用的，深信感性的表象富有教益的信息。他们把作品既看做一种结束，也看做一种开始。作品是一种经常意在言外的哲学终点，是这种哲学

① 斯宾诺沙的代表作。

的图解和完美结局，但只用这种哲学的言外之意来完成。这样的作品终于使一种古老主题的变相说法合乎情理了，即少许思想远离生活，许多思想回归生活。思想不能使真实升华，而止于模仿真实。此处涉及的小说是认识的工具，这种认识既是相对的，又是取之不尽的，非常像对爱情的认识。对于爱情，小说创作表现出最初的惊喜和富有成果的反复思考。

这至少是我起初承认小说所具有的魅力。但我也承认思想上受到凌辱的佼佼者们所具备的魅力，之后我得以静观他们自杀。恰恰使我感兴趣的，是认识和描述使他们回到幻想的共同道理上来的力量。同样的方法在这里对我很有用。已经用过这种方法，使我能够缩短我的推理，不失时机地就一个确切的例子将其概括出来。我想知道，人们接受义无反顾地生活，是否也能同意义无反顾地工作和创作，还想知道怎样的道路通向这些自由。我要把我的天地从其幽灵中解放出来，仅仅用有血有肉的真理，却否定不了其存在。我可以创作荒诞作品，选择创造性的态度，而不是别的什么态度。但一种始终如一的荒诞态度，必须对其无动机性保持清醒的意识。作品也是如此。假如荒诞戒律得不到尊重，假如作品没有表现分离和反抗，假如作品推崇幻想和激发希望，那么作品就不再是无动机的了。我就再也超脱不了作品，我的生活就能在作品中找到某种意义：这是可笑的。作品再也不是超脱和激情的演练了，而人生的壮观和却无益就是由这种演练来耗尽的。

解释的诱惑最为强烈的创作中，作者能够克服这种诱惑吗？对现实世界的意识最为强烈的虚构世界中，能保持对荒诞的忠诚而不去迎合作结论的欲望吗？在最后的努力中，同样多的问题要面对。人们已经明白这些问题意味着什么。这是某种意识的最后顾忌，这种意识害怕以最后的幻想作价码而放弃最初的、难得的教益。创作被视为人意识到荒诞后可能有的一种态度，对于这种创作有价值的东西，也同样对提供给他的种种生活作风有价值。征服者或演员、创造者或唐璜，可以忘记他们的生活演练，却不会不意识到自身的无理智性。人们习惯得非常之快。为生活得快乐而想挣钱，一生的全部努力和最好的东西都集中起来去赚钱。幸福被遗忘了，手段被当作目的了。同样，征服者的全部努力会偏向野心，而野心只是一条小道，通向一种更豪华的生活。唐璜以自己的方式也将认同自己的命运，满足于这种存在，其伟大只因反抗才有价值。对前者而言，是为觉悟，对后者而言，是为反抗，在这两种情况下，荒诞都消失了。人心中的希望多得不得了。家徒四壁的人有时到头来也会认同幻想。由于安宁的需要而作出的赞许和存在的允诺是同根而生的兄弟。这样就有了光明的诸神和泥土的偶像。这是中间道路，通向必须找到的那种人的面目。

迄今为止，荒诞的强求是失败的，使我们对荒诞的强求是什么了解得极为清楚。不管怎样，只要提醒我们注意小说创作可能向某些哲学提供相同的模糊性，对我们已足够了。这样就可以选择一部作品来阐明自己，这部作品中，标志荒诞意识的一切都具备其发端是明确的，氛围是清醒的。荒诞意识的结果将给我们以教益。假如荒诞没有在其中受到尊重，我们也将知道幻想是从什么旁门左道乘虚而入的。一个确切的例子，一个主题，一种创作家的忠诚，就足够了。重要的是相同的分析已经更详尽地做过了。

我将研讨陀思妥耶夫斯基特别喜爱的一个主题。我也本可以研究其他作品。比如马尔罗的作品。但不得不同时涉及社会问题，而社会问题确实又不能用荒诞思想来回避（尽管荒诞思想能为社会问题提出好几种解决办法，而且是非常不同的解决办法）。但必须适可而止。在马尔罗的作品中，从崇高和感情的意义上，问题是得到直接论述的，就像对上述的存在思想那样。这种平行论为我的目的所用。

基里洛夫

陀思妥耶夫斯基笔下的主人公一个个自审生命的意义。正是在这点上，他们是现代的，因为他们不怕当笑柄。区别现代敏感性和古典敏感性的，正是后者充满道德问题，而前者充满形上问题。在陀思妥耶夫斯基的小说中，问题提出的强度之大，非得要有极端的解决办法不可。存在**抑或**是骗人的，**抑或**是永恒的。[①]假如陀思妥耶夫斯基满足于这种审视，那么他就是哲学家。可是，他把精神游戏可能在人生中所产生的后果表现出来，因此他成了艺术家。在这些后果中，他抓住的是最终的后果，即他自己在《作家日记》中所称的逻辑自杀。1876 年 12 月的日记分册中，他确实想像出“逻辑自杀”的推理。绝望者确信，对不信永存的人来说，人生是十足的荒诞，从而得出以下结论：

> 关于幸福，既然对我的问题，通过我的意识，向我回应道，除非我在万物的和谐中才能幸福，可我设想不了，也永远无法设想，这是显而易见的……
>
> ……既然事情最终如此安排，我既承当起诉人角色又

承当担保人角色，既承当被告的角色又承当法官的角色，既然我从自然的角度觉得这出戏是非常愚蠢的，既然我甚至认为接受演这出戏对我是侮辱性的……

我以起诉人和担保人、法官和被告无可争议的身份，谴责这种自然，因为自然恬不知耻地随随便便让我出生来受苦——我判处自然与我同归虚无。[②]

这种立场还有点幽默。自杀者之所以自杀是因为在形而上方面**受到了欺负**。从某种意义上讲，他报一箭之仇。用这种方式来证明别人“征服不了他”。然而我们知道同样的主题体现在基里洛夫身上，不过更为广泛，令人赞叹，基里洛夫是《群魔》中的人物，也是逻辑自杀的信奉者。工程师基里洛夫在某处宣称他决意自己剥夺生命，因为“这是他的理念”。[③]我们完全明白，应当从本意上去理解这句话。他是为了一种理念，一种思想去准备死亡。这是高级自杀。逐渐一个场景接着一个场景，基里洛夫的假面具慢慢揭开，激励着他的致命思想向我们显露了。工程师确实袭用了《日记》的推理。他觉得上帝是必要的，必须有上帝存在。但他知道上帝并不存在，也不可能存在。他嚷道：“怎么你不明白，那是足以自杀的一个理

① 参见陀氏《作家日记》，1876年12月，第364页。
② 《作家日记》，1876年12月，第359页。
③ 《群魔》第二卷，第277页。1886年，法文版，普隆出版社。

由呢？”[1]这种态度也在他身上同样引起某些荒诞的结果。他无动于衷地让别人利用他的自杀，为他所蔑视的事业服务。“昨天夜里我已裁决了，此事于我无关紧要了。”他终于怀着反抗和自由相杂的情感准备他的行动了。“我将自杀，以证明我的违抗，确认我新的、了不起的自由。”[2]问题已不再是复仇，而是反抗了。因此基里洛夫是个荒诞人物，但对此应有所保留，从本质上讲，他不自杀。对这种矛盾，他自已作出解释，以致同时揭示了最纯粹的荒诞秘密。确实，他给致命的逻辑平添了一种不同寻常的雄心，给人物开拓了广阔的前景：他决心自杀，以便成为神祇。

推理具有古典的清晰。假如上帝不存在，基里洛夫就是神祇。假如上帝不存在，基里洛夫就必须自杀，从而基里洛夫就必须为了成为神祇而自杀。这种逻辑是荒诞的，但又是必需的。令人注目的是，要赋予下凡的神明一种意义。这等于阐明这样的前提：“假如上帝不存在，我就是神祇。”但此前提还是相当暧昧不明的。首先注意到炫示疯狂的抱负的人是实实在在属于这个世界的，这很重要。为保持健康，他每天早上做体操。他为沙托夫[3]重逢妻子的喜悦而激动不已。在死后发现的

---

① 《群魔》第二卷第 336 页。转引自纪德：《论陀思妥耶夫斯基》，第 277 页。
② 《群魔》第二卷第 339 页。转引自纪德：《论陀思妥耶夫斯基》，第 280 页。
③ 《群魔》中的人物。

一张纸上，他企图画一张脸，正向“他们”伸舌头哩[①]。他稚气而易怒，激情洋溢，有条理而易感动。从超人那里，他只得到逻辑和固定理念，从世人那里则得到一切情调。然而正是他泰然地高谈他的神性。不是他疯了，就是陀思妥耶夫斯基疯了。所以使他急躁的倒不是自大狂的幻觉。而这一次，按本义去理解词语恐怕是要闹笑话的。

基里洛夫本人帮助我们理解得更好。对斯塔夫罗钦提的一个问题，他明确回答，他指的不是一种神人[②]。大概可以设想那是出于把自己与基督区别开来的考虑。但实际上要把基督附属于他。这不，基里洛夫想出个念头，基督死的时候**并没有回到天堂**。于是他明白，基里洛夫受酷刑是没有用处的。工程师说：“自然法则使基督在谎言中生活，并为一种谎言而去死。”[③]仅仅在这个意义上，基督完全体现了全部人类悲剧。基督是完人，是实践了最荒诞状况的人。那就不是神人，而是人神了。就像他那样，我们每个人都可以被钉到十字架上，都可以受骗上当，在某种程度上成为人神了。

由此看来，上面涉及的神性完全是人间的。基里洛夫说：

① 《群魔》法译本第二卷第 340 页。
② 《群魔》第一卷第 259 页，转引自纪德：《论陀思妥耶夫斯基》，第 259 页。
③ 《群魔》第二卷第 388 页，转引自纪德：《论陀思妥耶夫斯基》，第 279 页。

“我的神性标签，已找了三年，原来是独立。”[①]从此以后，人们意识到基里洛夫式的前提意义：“假如上帝不存在，我便是神祇。”成为神祇，只不过在这个地球上是自由的，不为永垂不朽的生灵服务。当然，尤其是从这种痛苦的独立中得出所有的结论。假如上帝存在，一切取决于上帝，我们对上帝的意志丝毫不能违抗；假如上帝不存在，一切取决于我们[②]。对基里洛夫来说，如同在尼采看来，抹杀上帝就是自己成为神明，这等于在人间实现《福音书》所说的永恒生命[③]。

但，假如这种形而上的大逆不道足以使人完善，为什么还要加上自杀？为什么获得自由之后还要自绝离世？这是矛盾的。基里洛夫心里很明白，他补充道：“假如你感觉到这一点，你就是沙皇，就远离自杀，你就光宗耀祖了。”[④]但世人蒙在鼓里，感觉不出“这一点”。如同普罗米修斯时代，世人满怀盲目的希望[⑤]。他们需要有人指路，不可没有说教。所以，基里洛夫必须以对人类之爱去自杀。他必须向他的兄弟们指出一条康庄大道，一条艰难的路程，而他是第一个踏上这条道路的。这是一种符合教学法的自杀。为此，基里洛夫自我

---

① 《群魔》第二卷第 339 页，转引自纪德：《论陀思妥耶夫斯基》，第 280 页。
② 转述纪德：《论陀思妥耶夫斯基》，第 276 页。
③ 斯塔夫罗钦：“你相信彼岸的永恒生命吗？”基里洛夫：“不，但相信此岸的永恒生命。”
④ 《群魔》第二卷第 338 页。
⑤ “人为了不自杀才创造出上帝。这可概括迄今为止的世界史。”转引自纪德：《论陀思妥耶夫斯基》，第 278 页。参见《群魔》第二卷第 337 页。

牺牲了。假如他被钉在十字架上，他就不会是受骗上当的。他仍然是人神：确信没有前途的死亡，满怀合乎福音的悲怆。他说："我呀，是不幸的，因为我**不得不**确认我的自由。"[①]但他死了，世人终于觉醒了，可这个世间的沙皇多得不得了，人类的荣光普照人间，基里洛夫的手枪声将是最高程度革命的信号。这样，不是绝望把他推至死亡，而是众人对他的爱。使一场难以形容的精神冒险在血泊中告终之前，基里洛夫说了一句话，古老得像世人的痛苦："一切皆善。"

因此，在陀思妥耶夫斯基的作品中，自杀的主题确实是个荒诞主题。在进一步深入之前，让我们仅仅指出基里洛夫也跳进其他人物，又由他们接手展开新的荒诞主题。斯塔夫罗钦和伊凡·卡拉玛佐夫在实际生活中操作荒诞真理。基里洛夫之死使他们得以解放。他们试图成为沙皇。斯塔夫罗钦过着一种"调侃的"生活，人们对此相当清楚。他在自己的周围掀起仇恨。然而，这个人物的关键语在他的告别信中："我对什么都恨不起来。"他是处于冷漠中的沙皇。伊凡也是，因为拒绝放弃具有精神的王权。像他兄弟那些人以他们的生活证明，要信仰就得卑躬屈膝，他可能反驳他们说，这条件是丢脸的。他的关键词是"一切皆许可"，带着一种得体的忧伤情调。结果当

① 《群魔》第二卷第339页。

然像尼采这位抹杀上帝最著名的杀手，以发疯告终。但，这是一种该冒的风险，面对这些悲惨的结局，荒诞精神的基本动向是要问：“这证明什么呢？”

这样，小说也像《日记》中那样提出荒诞问题，设立了直至死亡的逻辑，表现了狂热和“虎视眈眈”的自由，变得有人情味的沙皇荣耀。一切皆善，一切皆许可，什么也不可恨，这些都是荒诞判断。但，那是多么非凡的创作呀，那些如火似冰的人物使我们觉得多么亲切呀！他们内心轰鸣的世界沉醉于无动于衷，在我们看来，根本不觉得可怕。我们从中却又发现我们日常的焦虑。大概没有人像陀思妥耶夫斯基那样，善于赋予荒诞世界如此亲近又如此伤人的魅力。

然而，他的结论是什么？下列两段引言将显示完全形而上的颠倒，把作家引向另外的启示。逻辑自杀者的推理曾惹起批评家们几个异议，陀思妥耶夫斯基在后来出版的《日记》分册中发展了他的立场，得出这样的结论：“相信永垂不朽对人是那样必要(否则就会自杀)，正因为这种信仰是人类的正常状态。既然如此，人类灵魂的不灭是毫无疑问的。”[1]另外一段，在他最后一部小说的最后几页，在那场与上帝的巨大搏斗之

① 《作家日记》1876 年 12 月，法文版，第 367 页。括号中字样为加缪所加。

后，孩子们问阿辽沙[1]："卡拉玛佐夫，宗教说，我们死后会复活，相互还能见面，是真的吗？"阿辽沙回答："当然，我们会重逢，会高高兴兴交谈所发生的一切。"

这样，基里洛夫，斯塔夫罗钦和伊凡就给打败了。《卡拉玛佐夫兄弟》回答了《群魔》。确实关系到结论。阿辽沙的情况不像梅思金公爵[2]那么模棱两可。后者是病人，永远是笑嘻嘻而无动于衷，这种幸福的生活常态可能就是公爵所说的永恒生命吧。相反，阿辽沙确实说过："我们会重逢。"这就与自杀和疯狂无关了。对于确信不死和快乐的人来说，有什么用呢？世人用神性交换幸福。"我们会高高兴兴交谈所发生的一切。"还是这样，基里洛夫的手枪在俄罗斯某地打响，但世界照旧转动其盲目的希望。世人没有弄懂"这一点"。

所以，向我们说话的，不是荒诞小说家，而是存在小说家。这里，跳跃依旧是动人的，艺术给了他灵感，而小说家使艺术崇高起来。这是一种认同，感人肺腑，充满怀疑，变化不定，热情似火。陀思妥耶夫斯基谈到《卡拉玛佐夫兄弟》时写道："贯穿这本书各个部分的主要问题就是我一辈子有意无意为之痛苦的问题，即上帝的存在。"[3]很难置信一部小说足以

① 卡拉玛佐夫兄弟之一。
② 陀思妥耶夫斯基的小说《白痴》中的主人公。
③ 转引自纪德专论《陀思妥耶夫斯基》，第161页。原文出处不详。

把人的毕生痛苦转化为快乐的确实性。一位评论家[①]正确地指出：陀思妥耶夫斯基与伊凡合伙——把《卡拉玛佐夫兄弟》的章节肯定下来消耗了他三个月的努力，而他称之为“亵渎神明的话”在激昂中用了三个星期就写完了。他笔下的人物，没有一个不肉中带刺，不激怒他，不在感觉或背德中寻找药方。[②]不管怎样，就此存疑吧。这部作品中，半明半暗的光线比白日亮光更扣人心弦，在明暗对比中，我们能够领会人为抵抗自己的希望而拼搏。创作家到达终点时，选择了对抗自己笔下的人物。这种矛盾就这样使我们能够引入一种细腻色调。这里涉及的不是一部荒诞作品，而是一部提出荒诞问题的作品。

陀思妥耶夫斯基的回答是委曲求全，用斯塔夫罗钦的话来说就是：“可耻。”相反，一部荒诞作品是不提供答案的，这是全部区别之所在。最后让我们记住：在这部作品中，驳斥荒诞的，不是作品的基督教特色，而是对未来生活的预告。人们可以既是基督徒又是荒诞人。有些基督徒不相信未来生活，是有例可循的。至于艺术作品，有可能确指荒诞分析的某种方向，可以从上文中预感到。这种方向倾向指出“《福音书》的荒诞性”，阐明一再重新活跃的理念，即信念不妨碍怀疑上帝

---

① 系指鲍里斯·德·施莱泽。

② 纪德对此发表了新奇而深刻的看法：陀思妥耶夫斯基几乎所有的人物都是多配偶的。

存在。相反，人们看得很清楚，《群魔》的作者老于此道，最后却走上完全不同的道路。创作家对他的人物出乎意料的回答，即陀思妥耶夫斯基对基里洛夫的回答，确实可以概括为一句话：存在是虚幻的，**又是**永恒的。

没有前途的创作

我意识到，希望不可能永远被回避，而有可能纠缠那些想摆脱希望的人们。这是在迄今谈及的作品中我所关注的意义。至少在创作方面，我可以列举几部真正荒诞的作品[①]。但万事总有个开头吧。研究的对象是某种忠诚。教会之所以对异端分子那样严厉，仅仅因为教会认为，没有比迷途的孩子更有害的敌人了。为建立正统派教条，大胆的诺斯替教派[②]的历史和摩尼教[③]思潮的持续，比所有的祈祷加起来更有作用。按比例推断，荒诞也是如此。人们认出荒诞的道路，正是在发现偏离荒诞的道路的时候。就在荒诞推理的终点，在荒诞逻辑支配下的某种态度中，重新发现希望又以哀婉动人的面目乘虚而入，这便不是无足轻重了。这表明荒诞苦行之艰难，尤其表明不断坚持的觉悟之必要，这就与本散论的一般范畴相联结了。

假如这还谈不上清点荒诞作品，至少可以对创作态度下结论了，而创作态度是可以补足荒诞存在的一种态度。艺术只能通过一种否定的思想才能如此好地得到供应。艺术隐晦而谦卑的方法对领会一部伟大的作品是非常必要的，如同黑对于白那样必需。“不为什么”而劳动而创作；用黏土雕塑；明知创作没有前途，看见自己的作品毁于一旦而同时意识到，从深处想，把创作世世代代传下去不见得更为重要，这些就是荒诞思想所准许的那种难得的智慧。边否定边激发，同时执行这两项任务，就是向荒诞创作家打开的道路。他必须向虚无奉献自己的色彩。

这导致对艺术品的一种特殊概念。人们把创造者的作品视为一系列孤立的见证，这太常见了。人们还把艺术家和文人混为一谈。一种深刻的思想是不断成长的，结合生活经验，并在其中形成。一个人独有的创造，是在以相继而繁多的面貌出现的作品中得以加强的。一些作品补充、修正或校正另一些作品，也辩驳另一些作品。一旦某种东西导致创作结束，不是失去理智的艺术发出得意而虚幻的呐喊："我什么都说了。"而是创作家的死亡，他的死亡结束了他的经验，把他的天才封入了他的书本。

这种努力，这种超人的意识，不一定向读者显示。人类没有什么神秘可言。意志创造奇迹。但至少，没有秘密就没有真正的创作。没准儿一系列作品，可能只是同一种思想的一系列近似。但是可以设想另一类创作家，他们可能用的是并列法。

---

① 例如麦尔维尔的《白鲸》。

② 诺斯替教派是一种宗教哲学学说，后来成为一种神秘学说，流行于公元一至三世纪，以希腊为中心的地中海东部沿岸地区。

③ 由创始人摩尼(216—277)所创建的教派，主张善恶二元论。

他们的作品好像互相间没有联系，在一定程度上还是相矛盾的。但，他们的作品一旦被重新放回其整体，就恢复了原来的次序，就这样从死亡获得了最终的意义，就接受了作者生命最亮眼的部分。那时，他一系列的作品只不过是一系列的失败。然而，假如这些失败全部保持同一种共鸣，创作家就会重复他自身生存状况的形象，就会使他所持有的无果实秘密引起反响。

在这里，控制力是巨大的。但人的智力足以作出更大的努力。智力只表明创造有意识的面目。我在别处曾强调，人类意志除了保持意识别无其他目的。但没有纪律是行不通的。与忍耐派、清醒派等各流派相比，创造派最为有效，也是人类唯一尊严的见证，令人震撼：执著地反抗人类自身的状况，坚持不懈地进行毫无结果的努力。创作要求天天努力，自我控制，准确估量真实的界限，有分有寸，有气有力。这样的创作构成一种苦行。这一切都为“无为”，都为翻来覆去和原地踏步。也许伟大的作品本身并不那么重要，更重要的在于要求人经得起考验，在于给人提供机会去战胜自己的幽灵和更接近一点赤裸裸的现实。

请不要误判美学。这里所援引的，不是对一个论题作耐心的调查，作不间断而无结果的阐明。如果我把看法表明得清清楚楚，结果正好相反。主题小说，即用来证明的作品，是最令人憎恶的，这种作品借鉴于一种**踌躇满志**的思想。人们以为把握住的真理，是要表现出来的。但推出来的却是一些理念，而理念是思想的对立面。这些创作家是些羞怯的哲学家。我述说的或想像的创作家相反是些清醒的思想家，在思想返回自身的某个阶段，他们把自己作品的形象树立为象征，明显带有一种限定的、致命的、造反的思想。

他们的作品也许证明某种东西。但这些证据，小说家留于自用多于提供。重要的是，他们在具体中取胜，并且这正是他们的伟大之处。这种有血有肉的胜利是由一种思想为他们准备，而抽象能力在这种思想中是受到屈辱的。一旦抽象能力委曲求全，创作立即生辉，使荒诞大放光芒，是反讽的哲学产生了激情洋溢的作品。

一切摒弃大一统的思想都激励多样性。而多样性则是艺术的轨迹。唯一能解放精神的思想是让精神独处的思想，这种精神对自身的局限及其下一个目的确信无疑。任何主义都吸引不了它。精神等待着作品和生命的成熟。作品一旦脱离精神，便将再一次让人听到一个几乎振聋发聩的声音，那是永远解除希望的灵魂所发出的；抑或，什么声音都不让发出来，如果创作家对自己的游戏厌倦了，硬想改弦易辙。两者是相等的。

总之，我对荒诞创作的要求相当于我对思想的要求，诸如反抗、自由和多样性。荒诞创作事后将显示深刻的无效用性。

在日复一日的努力中，智力和激情互相掺杂，互相提携，荒诞人从中发现一种学科训练，将成为他的力量的重要部分。必要的用心、执著和洞察，就这样与征服的态度汇合了。创作，就这样为其命运提供了一种形式。对于各色人物来说，他们所在的作品将他们确定下来，至少相当于他们确定了自己所在的作品。演员让我们懂得：在表象和存在之间没有界线。

再重复一遍。这一切没有任何实在的意义。在这条自由的道路上，还要努力进取。创作家或征服者，这些沾亲带故的智者，他们最后的努力是善于从他们的事业中解放出来：最终承认作品本身，无论是征服，是爱情或是创作，都可以不存在，从而了结个体一生的深刻无用性。这甚至使他们更容易完成作品，就像发现生活的荒诞性使他们有可能毫无节制地投入荒诞的生活。

剩下的就是命运了，其唯一的出路是必死无疑。除了死亡这唯一的命定性，一切的一切，快乐也罢，幸福也罢，一切皆自由。世界依旧，人是唯一的主人。约束他的，是对彼岸的幻想。他的思想结局不再是自弃自绝，而是重新活跃起来，变成一幅幅形象。思想栩栩如生，活跃在神话中。但神话的深刻莫过于人类痛苦的深刻，于是神话像思想那样无穷无尽。不是逗乐人蒙蔽人的神化寓言，而是人间的面貌、举止和悲剧，其中凝聚着一种难得的智慧和一种无前途的激情。

西西弗神话

诸神判罚西西弗，令他把一块岩石不断推上山顶，而石头因自身重量一次又一次滚落。诸神的想法多少有些道理，因为没有比无用又无望的劳动更为可怕的惩罚了。

假如相信荷马的说法，西西弗是最明智最谨慎的凡人。但按另一种传说，他却倾向于强盗的勾当。我看不出两者有什么矛盾。有关他在地狱作无用劳动的原因，众说纷纭。首先有人指责他对诸神有些失敬。他泄露了诸神的秘密。阿索波斯[①]的女儿埃癸娜让朱庇特[②]劫走了。父亲为女儿的失踪大惊失色，向西西弗诉苦。西西弗了解劫持内情，答应把来龙去脉告诉阿索波斯，条件是后者要向哥林多[③]小城堡供水。他不愿受上天的霹雳，情愿要水的恩泽，于是被打入地狱。荷马还告诉我们，西西弗事先用铁链锁住了死神。普路托[④]忍受不住自己帝国又荒凉又寂静的景象，便催促战神将死神从胜利者的手中解脱出来。

也有人说，西西弗死到临头，还要冒冒失失考验妻子的爱情。他命令妻子将其尸体抛到广场中央示众，但求死无葬身之地。后来西西弗进入地狱安身，但在那里却受不了屈从，与人类的爱心太相违了，一气之下，要求回人间去惩罚妻子，普路托竟允准了。一旦重新见到人间世面，重新享受清水、阳光、热石和大海，就不肯再返回黑暗的地狱了。召唤声声，怒火阵阵，警告频频，一概无济于事。西西弗面对着海湾的曲线、灿烂的大海、大地的微笑，生活了多年。诸神不得不下令了。墨丘利⑤下凡逮捕了大胆妄为的西西弗，剥夺了他的乐趣，强行把他押回地狱，那里早已为他准备了一块岩石。

大家已经明白，西西弗是荒诞英雄。既出于他的激情，也出于他的困苦。他对诸神的蔑视，对死亡的憎恨，对生命的热爱，使他吃尽苦头，苦得无法形容，因此竭尽全身解数却落个一事无成。这是热恋此岸乡土必须付出的代价。有关西西弗在地狱的情况，我们一无所获。神话编出来是让我们发挥想像力的，这才有声有色。至于西西弗，只见他凭紧绷的身躯竭尽全力举起巨石，推滚巨石，支撑巨石沿坡向上滚，一次又一次重复攀登；又见他脸部绷紧，面颊贴紧石头，一肩顶住，承受着布满黏土的庞然大物；一腿蹲稳，在石下垫撑；双臂把巨石抱得满满当当的，沾满泥土的两手呈现出十足的人性稳健。这种

---

① 希腊同名河流的河神。其女儿埃癸娜被宙斯劫走。

② 朱庇特，罗马神话中的天神，相当于宙斯。

③ 希腊南部港口城市，《新约》中译为哥林多，现名为科林斯。

④ 又名哈得斯，是地狱和冥国的统治者。

⑤ 希腊神话中的赫尔墨斯，宙斯的传旨者，诸神的使者。在罗马神话中则是商人的庇护神。

努力，在空间上没有顶，在时间上没有底，久而久之，目的终于达到了。但西西弗眼睁睁望着石头在瞬间滚到山下，又得重新推上山巅。于是他再次下到平原。

我感兴趣的，正是在回程时稍事休息的西西弗。如此贴近石头的一张苦脸，本身已经是石头了。我注意到此公再次下山时，迈着沉重而均匀的步伐，走向他不知尽头的苦海。这个时辰就像一次呼吸，恰如他的不幸肯定会再来，此时此刻便是觉醒的时刻。他离开山顶的每个瞬息，他渐渐潜入诸神洞穴的每分每秒，都超越了自己的命运。他比所推的石头更坚强。

这则神话之所以悲壮，正因为神话的主人公是有意识的。假如他每走一步都有成功的希望支持着，那他的苦难又从何谈起呢？当今的工人一辈子天天做同样的活计，其命运不失为荒诞。但他只有在意识到荒诞的极少时刻，命运才是悲壮的。西西弗，这个诸神的无产者，无能为力却叛逆反抗，认识到自己苦海无边的生存状况，下山时，思考的正是这种状况。洞察力既造成他的烦忧，同时又耗蚀他的胜利。心存蔑视没有征服不了的命运。

就这样，下山在有些日子是痛苦的，在有些日子也可能是快乐的。此话并非多余。我想像得出，西西弗返回岩石时，痛苦才方开始呢。当大地万象太过强烈地死缠记忆，当幸福的召唤太过急切，有时忧伤会在人的心中油然升起：这是岩石的胜利，也是岩石的本色。忧心痛切太过沉重，不堪负荷，等于是我们的客西马尼之夜①。但占压倒优势的真理一旦被承认也就完结了。因此，俄狄浦斯起先不知不觉顺应了命运，一旦知觉，他的悲剧就开始了。但就在同一时刻，他失明了，绝望了，认定他与这个世界唯一的联系，只是一位姑娘娇嫩的手。于是脱口吼出一句过分的话："尽管磨难多多，凭我的高龄和高尚的灵魂，可以判定一切皆善。"②索福克勒斯笔下的俄狄浦斯，正如陀思妥耶夫斯基笔下的基里洛夫，就这样一语道出了荒诞胜利的格言。古代的智慧与现代的壮烈不谋而合了。

如果没有真想写幸福教程之类的东西，是发现不了荒诞的。"咳！什么，路子这么狭窄吗？……"是啊，只有一个世界嘛。幸福和荒诞是共一方土地的两个儿子，是难分难离的。说什么幸福必然产生于荒诞的发现，恐怕不对吧。有时候荒诞感也产生于幸福之中。"我断定一切皆善，"俄狄浦斯说。此话是神圣的，回响在世人疑惧而有限的天地中。此话告诫一切尚未穷尽，也不会穷尽。此话将一尊神从人间驱逐，因为该神是怀着不满和无谓痛苦的欲望进入人间的。此话把命运化作人事，既是人事，就得在世人之间解决。

西西弗沉默的喜悦全在于此。他的命运是属于他的。岩石

---

① 耶路撒冷橄榄山下一庄园名，据《新约全书》记载，被犹大出卖的耶稣，乘门徒们熟睡时在此祷告，次日被捕受难。

② 此话并非同一时刻说的，而是在许多年之后。另外，这也不是索福克勒斯的原话，而是概括了两处不同时间说的话。加缪此处援引和归纳了一些后人的著作论述。

是他的东西。同样，荒诞人在静观自身的烦忧时，把所有偶像的嘴全堵上了。宇宙突然恢复寂静，无数轻微的惊叹声从大地升起。无意识的、隐秘的呼唤，各色人物的催促，都是不可缺少的反面和胜利的代价。没有不带阴影的阳光，必须认识黑夜。荒诞人说“对”，于是孜孜以求，努力不懈。如果说有什么个人命运，那也不存在什么高高在上的命运，或至少存在一种荒诞人断定的命运，那就是命中注定的命运，令人轻蔑的命运。至于其他，他知道他是自己岁月的主人。在反躬审视自己生命的时刻，西西弗再次来到岩石跟前，静观一系列没有联系的行动，这些行动变成了他的命运，由他自己创造的，在他记忆的注视下善始善终，并很快以他的死来盖棺定论。就这样，他确信一切人事皆有人的根源，就像渴望光明并知道黑夜无尽头的盲人永远在前进。岩石照旧滚动。

我让西西弗留在山下，让世人永远看得见他的负荷！然而西西弗却以否认诸神和推举岩石这一至高无上的忠诚来诲人警世。他也判定一切皆善。他觉得这个从此没有救世主的世界既非不毛之地，抑非渺不足道。那岩石的每个细粒，那黑暗笼罩的大山每道矿物的光芒，都成了他一人世界的组成部分。攀登山顶的拼搏本身足以充实一颗人心。应当想像西西弗是幸福的。

补　　编

弗兰茨·卡夫卡作品中的希望与荒诞

原出版者按语：

这篇研究弗兰茨·卡夫卡的论著作为附录在此发表，而在《西西弗神话》第一版中曾被《陀思妥耶夫斯基与自杀》那一章所取代，但1943年由《弩》杂志发表了。

从另一个角度来看，我们将重新发现对荒诞作品的批评，而这种批评，加缪早已在论述陀思妥耶夫斯基的篇章中进行过了。

卡夫卡的全部艺术在于迫使读者一读再读。其作品的结局，抑或缺乏结局，都意味着言犹未尽，而这些弦外之音又含糊不清，为了显得有根有据，就要求把故事从新的角度重读一遍。不时有两种解读的可能，因此看来有必要阅读两次。这正是作者所求的。但硬想把卡夫卡作品的细节全部解释清楚，恐怕就不对了。象征总是笼统的，不管把象征解说得多么确切，艺术家只能复现象征的生动性，依样画葫芦的复现是不行的。反正没有比领会象征作品更困难的了。一个象征总是超越使用这个象征的艺术家，使他实际上说出的比他存心表达的更多。

在这一点上，抓住象征最可靠的办法，是不要诱发象征，以不协调的意图始解作品，而不要穷究作品的暗流。尤其读卡夫卡，顺应他的手法，以表象切入悲情，以形式切入小说，是说得过去的。

一个洒脱的读者乍读时便会看到令人不安的奇事，其中一些人物惶惶不可终日，固执地琢磨着他们永远剪不断理还乱的问题。在《诉讼》[①]中，约瑟夫·K是被告。但他不知道被告什么。他没准儿想为自己辩护，但全然不懂为什么。律师们觉得他的案子难办。其间，他没有耽误饮食男女，也没有忽略读报。后来被判了。但法庭光线昏暗。他颇为莫名其妙。只是假设被判了，但被判了什么，几乎没往心上去。有时他满以为不是那么回事儿，继续把日子过下去。很久以后，两位衣冠楚楚文质彬彬的先生来找他，请他跟他们走。他们礼貌十分周全，带他到郊外一个绝处，把他的头摁在一块石板上，掐死了。被判死前只吐了句："像条狗。"

由此可见，一篇记叙里最突出的优点恰巧是自然，很难扯得上象征。自然是难以理解的一种类别。有些作品，读者似乎觉得里面发生的很自然，但在另一些作品里(确实更少见了)，倒是人物觉得所遇之事很自然。有一种奇特而明显的反常现象，即人物遭遇越非同寻常，记叙就越显得自然：人生越奇

---

① 《诉讼》(1925)，卡夫卡(1883—1924)代表作之一。

特，世人对这种奇特的认同就越痛快，我们可以感知两者的差距是成正比的。好像这种自然就是卡夫卡的那种自然。这正是我们切实感到《诉讼》的本意。有人谈起过人生状况的一种形象。姑妄听之。但事情既简单得多又复杂得多。我的意思是，卡夫卡的小说含意更加特殊、更有个性。从某种尺度来看，他替我们忏悔时，却是他在说话。他活着，所以被判定了。他在这部小说开始几页就体察到了，他本人在人间经历了这部小说，即使设法补救，也不大惊小怪。他永远不会因为缺乏大惊小怪而大惊小怪。通过这些矛盾，我们认出荒诞作品的初步征兆。智者将其精神悲剧具体地凸显出来，只能运用一以贯之的反常现象来实现，这种反常现象才得以对虚空的表现力具有色彩，对永恒追求的表现力具有平常的举动。

同样，《城堡》也许是一部行为神学，首先是灵魂寻求拯救的个体奇遇，包括世人探求世间物件的崇高秘密，也包括男子苦求女子潜于玉体的仙人迹象。而《变形记》肯定表现了明辨伦理学一系列可怖的形象。但也是人在发现自己不觉成为禽兽时那种莫名惊诧的产物。卡夫卡的秘密就在于这种根本性的似是而非。自然与异常，个体与一般，悲情与平凡，荒诞与逻辑，它们之间的永久摇摆，贯穿卡夫卡的全部作品，既使作品富有意义，又使作品引起共鸣。要想理解荒诞作品，必须列举上述反常现象，必须强化上述种种矛盾。

确实，一个象征意味着两个方面，即两个理念与感觉的世界以及一部沟通这两个世界的词典。把这个词汇表列出来是最难最难的了。但意识到赫然出现的两个世界，等于投身探测两者之间的秘密关系。卡夫卡作品中的两个世界，一个是日常生活的世界，另一个则是充满极度不安的世界。请注意，我们可以用同样合情合理的方式从社会批判角度来解释卡夫卡的作品，比如《诉讼》。再说很可能别无选择。两种解释都对。用荒诞术语来说，我们已见到过了，对世人的反抗也是针对上帝的：伟大的革命永远是形而上的。这里我们似乎又碰到尼采的话取之不尽的解释，即“大问题比比皆是”。

在人生状况中既存在一种根本性的荒诞，也存在一种严峻性的伟大，这是一切文学的老生常谈。两者巧遇，天然成趣。换言之，两者都以可笑的离异自居，把我们心灵的无时限性与肉体的易消失的快乐分离开来。荒诞，就是因为肉体的灵魂超越了肉体十万八千里。谁想表现这种荒诞性就必须把两个平行的对立面玩得有声有色。卡夫卡就这样以平凡表达悲情，以逻辑表达荒诞。

演员扮演悲剧人物，越是力戒夸张，就越能注入活力。如果他演得有分寸，他激起的惊恐就会越出分寸。希腊悲剧在这方面教益丰富。在一部悲剧作品中，命运在逻辑性和自然性的面目下越来越明显可感。俄狄浦斯的命运是被预告天下的。上天决定他将犯下谋杀和乱伦罪。剧本旨在全方位揭示逐渐消除主人公不幸的逻辑系统。仅仅宣告这种非同寻常的命运，并非令人惊恐，因为这不像会发生的事情。然而，假如这种命运的必然性一旦通过日常生活、社会、国家、亲切的情感向我们揭示，那惊恐就有根有据了。震撼人心的反抗使人脱口而出“这不可能”，其中则已经包含绝望的确信：“这”是可能的。

这是希腊悲剧的全部秘密，抑或至少是一个方面的秘密。因为有另一方面的秘密，那就是以相反的方法使我们更好地理解卡夫卡。人心有一种不良的倾向，即只把摧残人心的东西称作命运。而幸运也以自身的方式表现得没有根据，因为幸运来了，躲也躲不开。然而，现代人一旦遇到幸运，便贪天之功据为己有。希腊悲剧多有得天独厚的命运，古代传说多有宠儿，比如尤利西斯，他们陷入最凶险的遭遇却都自救了，关于这些，都是可以大书特书的。

总之，应当记住的，正是这种隐秘的复杂关系，即在悲情中把逻辑性和日常性结合起来的关系。正因为如此，《变形记》中的主人公萨姆沙成了个旅行推销商。正因为如此，在把他变成甲虫的离奇遭遇中，唯一使他烦忧的事情，就是他的老板会因他缺勤而不高兴的。他长出爪子和触须，脊椎弓了起来，腹部白点斑斑，我不能说这不使我吃惊，效果未必如此，但这确实引起他一阵“淡淡的忧愁”。卡夫卡的全部艺术就在于这种细微的差别。在他的中心作品《城堡》中，是日常生活的细枝末节占了上风，而在这本奇怪的小说中，一切都没有结果，一切都重新开始；这是一个灵魂为寻求已经显示过的那种拯救而从事的基本冒险。这种把问题图解为行为，这种一般与个别的巧合，也可见之于一切大手笔的小手法中。《诉讼》的主人公本来就可以叫做施密特抑或弗兰茨·卡夫卡，但他叫约瑟夫·K……不叫卡夫卡，可也是卡夫卡。他是一般的欧洲人，置身芸芸众生之中。但K也确是实体，是某个有血有肉的等值。

同样，卡夫卡之所以要表达荒诞，是因为前后一致性将对他有用。我们都知道傻子在浴缸里钓鱼的故事，正琢磨着精神病疗法的医生问他："上钩了，嗯？"却得到毫不客气的回答："没有呢，笨蛋，这明明是浴缸嘛。"这个故事属于荒唐一类。但我们从中明显看出荒诞的效果与逻辑上如此过分的相连。卡夫卡的世界实际上是说不清道不明的一片天地，那里，人沉溺于用浴缸钓鱼来折磨自己，明明知道毫无结果。

因此，这里我认出符合卡夫卡原则的一部荒诞作品。就拿《诉讼》为例，我可以说，成功是圆满的。肉体胜利了。什么也不缺呀，不缺尽在不言中的反抗(但正是反抗推动写作)，不缺清醒而缄口的绝望(但正是绝望推动创造)，不缺令人吃惊的格调自由，小说的各式人物直到在劫难逃而死亡，始终享有这种自由。

不过，世界并不像表面显示的那样封闭。这个没有进步的天地里，卡夫卡以一种奇特的形式引进希望。在这方面，《诉讼》和《城堡》路子不同，但相辅相成。从一部作品到另一部作品可以感觉到微小的演进，表现在逃避上取得极大的成功。《诉讼》提出的问题，某种程度上在《城堡》里得到了解决。前者按照一种几乎科学的方法来描写，但不作结论，后者在某种程度上加以解释。《诉讼》诊断病情，而《城堡》想像疗法。但这里所推荐的药方治不了病，只不过使疾病回到正常的生活中，去帮助人们接受疾病。某种意义上（不妨想一想克尔恺郭尔），药方叫人喜欢上疾病。土地测量员 K 一心想像为之坐立不安的忧虑，却想像不出还有其他忧虑。他周围的人也迷上了这种空虚，迷上了这种莫名的痛苦，好像痛苦在作品中具有一种得天独厚的面目。"我多么需要你，"弗丽达对 K 说，"自从我认识你以来，只要你不在我身边，我就觉得被遗弃了。"这种微妙的药方使没有出路的世界产生希望，这种突如其来的"跳跃"使一切为之改观，这是存在革命的秘密，也是《城堡》本身的秘密。

很少有作品在步调上像《城堡》那样严峻得一丝不苟。K 被委任为城堡土地测量员，为此他来到村庄。但从村庄到城堡根本无法通行。于是连篇累牍几百页，K 锲而不舍地寻找道路，采取各种手段，施小计测旁道，从不气馁，怀着一种令人叫绝的信念，硬是要担任人家委任于他的职务。每一章都是一次挫败，也是一次从头开始。虽不合逻辑，但坚韧不拔。正是这种执拗的劲头造成了作品的悲情。K往城堡打电话，听到嘈杂的声音，模糊的笑声，遥远的呼唤。这足以维系他的希望，犹如夏日的天空出现某些征兆，或如黄昏之约，给了我们活下去的依据。我们在这里发现卡夫卡特有的忧伤秘诀。实际上，同样的忧伤在普鲁斯特作品或在普洛丁的景物中也感觉得到：怀念失去的天堂。奥尔嘉说："巴纳贝早上对我说，他要去城堡，我听了十分惆怅，因为很可能白跑一趟，很可能白过一天，很可能白抱希望。""很可能"，卡夫卡把全部作品都压在这个微妙的调门上。但根本没有到位，对永恒的追求在作品中是谨小慎微的。而卡夫卡的人物就像有灵感的机器人，活脱脱就是我们自己的写照，就像我们自己被剥夺了消遣，全身心地蒙受神明的侮辱。在《城堡》中，按帕斯卡尔所说的"消遣"，好像是通过"助理们"表现出来的，"转移"了K的烦忧。弗丽达之所以最终成为其中一位助理的情妇，是因为她喜欢假象胜过真理，喜欢日常生活胜过与人分担的焦虑。

还是在《城堡》中，屈从平凡变成了一种伦理。K最大的希望，就是获得"城堡"的接纳。既然他单独一人做不到，他便竭尽全力要对得起这份恩宠，如变成村庄的居民，又如抛掉外地人的身份，因为人人都让他感到他是异乡人。他所求的是有份职业，建个家庭，过正常和健康人的生活。他再也受不了自己的疯魔，决意合乎情理。他很想摆脱使他成为村庄局外人的奇怪诅咒。在这一点上，与弗丽达勾搭的那段插曲很说明问题。这个女人早已认识城堡的一位官员，他之所以把她当情妇，是为了她过去的缘故。他从她身上汲取某些超越于他的东西，同时也意识到她身上攀配不上城堡的东西。不妨想一下克尔恺郭尔对雷吉娜·奥尔森奇特的恋情。在某些男人身上，吞噬他们的永恒之火是很灼热的，足以把周围熟人的心一起烧焦。要命的错误在于把不属于上帝的也归于上帝，《城堡》的上述插曲也用了这个主题。而对卡夫卡而言，这似乎不是什么错误，而是一种教义和一种“跳跃”。根本没有不属于上帝的东西。

还更能说明问题的是，土地测量员脱离弗丽达，去追巴纳巴斯姐妹。因为巴纳巴斯一家是唯一完全被抛弃的家庭，既被城堡抛弃了，也被村庄抛弃了。姐姐阿玛丽亚拒绝一位城堡官员可耻的求欢。于是诅咒她背德随之而至，永远把她排斥出上帝的怜爱。不为上帝丢弃自己的荣誉，就不配上帝的恩宠。我们从中认出存在哲学常有的主题：真理对立于道德。这里说来话长。因为卡夫卡的主人公所走的道路，从弗丽达到巴纳巴斯姐妹所走的道路，就是从信赖的爱到荒诞的崇拜所走的道路。卡夫卡的思想在这里再一次与克尔恺郭尔的思想会合了。《记巴纳巴斯》一节放在书的末尾也就不令人感到意外了。土地测量员最后试图通过否定上帝的东西来重新找到上帝，不是依据我们善与美的范畴，而是从上帝的冷漠、不公和憎恨所表现的虚空和可怖的面孔来认知上帝。这个请求城堡接纳的异乡人，旅居到后来更加穷途末路了，因为这时他对自己也不忠诚了，摒弃了道德、逻辑和思想真实，光凭疯魔般的希望，试图进入神明庇护的荒漠[1]。

希望一词在此并不可笑。相反，卡夫卡所报道的境况越具悲情，这种希望就越加强硬，越具挑战性。《诉讼》越荒诞得彻底，《城堡》激昂的"跳跃"就越显得触动人心和不合情理。但我们这里又纯粹碰上存在思想的悖论，正如克尔恺郭尔所说："我们必须摧毁人间的希望，才能以真正的希望自救。"[2]不妨把此话译释过来：为了着手创作《城堡》，必须先写《诉讼》。

确实，谈论卡夫卡的人多半将其作品定为绝望的呐喊，因为不给人留下任何挽回的余地。但此话需要修正。希望复希望，希望何时了。昂里·波尔多[3]乐观主义的作品令人特别沮丧。因为此公的作品根本不理睬性情有点乖僻的人。反之，马尔罗的思想总是那么令人振奋。但上述二公的情况，既非相同的希望，亦非相同的绝望。我只注意到，荒诞作品本身可能导

---

① 此话仅指卡夫卡给我们留下的未完成稿而言。要不然，作者可能会在最后几章打破小说的统一风格，就此存疑吧。

② 心灵大写的纯洁性。

③ 昂里·波尔多(1870—1963)，法国作家。

致我想避免的无诚信。作品一味重复，而不去孕育一种不结果的境况，一味洞若观火地颂扬过眼云烟的东西，就成为幻想的摇篮了。作品作出解释，把形态赋予了希望。创作家再也摆脱不开了。作品不得不成为悲情的游戏，而实际上并不一定是悲情的游戏。作品使作者的生命获得一种意义。

不管怎么说，令人称奇的是，卡夫卡、克尔恺郭尔和谢斯托夫的作品异曲同工，简言之，存在小说家和哲学家的作品，完全转向荒诞，殊途同归，最后都发出希望的呐喊，振聋发聩。

他们拥抱上帝，而上帝却吞噬他们。希望谦卑地溜进来。因为这种存在的荒诞确保他们接触一点超自然的现实。假如这种生活的道路通向上帝，那就有出路了。克尔恺郭尔、谢斯托夫和卡夫卡的主人公们重复他们的行程，其执著和顽固奇特地保证了这种振奋人心的确信力。《城堡》中唯一不抱希望的人物是阿玛丽亚。土地测量员最强烈反对的就是她。

卡夫卡摒弃上帝所谓的伟大的道德、不言自明的道理、善良的心肠、前后一贯性，为的是更热切地投入上帝的怀抱。荒诞于是被承认了，被接受了；世人逆来顺受，从此刻起，我们就知道荒诞不再是荒诞了。处在人类状况的极限，还有比有可能逃脱人类状况更大的希望吗？我再次看出，与一般常见的相反，存在思想充满无节度的希望，这种思想本身就是以原始基督教和救世福音来翻腾旧世界的。但在以一切存在思想为特性的跳跃中，在这种顽强的执著中，在对一种不露脸的神明估量中，怎么会看不出一种自我摒弃的清醒标记呢？人家只要求打掉自傲便可得救哇。这种弃绝会有硕果的。但顾此是会失彼的。在我看来，把清醒明察说成像一切傲慢那样毫无结果，并不降低其道德价值。因为真理也是一样，从根本定义上讲，是结不了果实的。所有不言自明的事情都一样。在一切都具备而什么也没讲清楚的世界里，价值或形而上的丰硕性是毫无意义的概念。

不管怎样，卡夫卡的作品列入怎样的思想传统是一目了然的。确实，把《诉讼》过渡到《城堡》视为严密的步骤，恐怕是聪明的。约瑟夫 · K和土地测量员K仅仅是吸引卡夫卡的两极。关于卡夫卡思想的两个方面，请比较《在狱中》和《城堡》，前者："罪过(请理解为人的罪过)从来无可怀疑"，后者(摩麦斯的报告)："土地测量员的罪过是难以确定的"。我不妨鹦鹉学舌，用他的话说，他的作品很可能不是荒诞的。但这不排除我们认为他的作品伟大和具有普遍意义。这种伟大和普遍意义来自他善于广泛地表现从希望到极度恐慌日复一日的过渡，从无望的明智到自愿的盲从日复一日的过渡。他的作品具有普遍意义(一部真正荒诞的作品是不具备普遍意义的)，因为逃避人类的人在其作品中表现出激动人心的形象，其人在其信仰依据的矛盾中汲取对丰硕性的绝望抱有希望的依据，把生命称之为他对死亡所作出的可怕预习。卡夫卡的作品具有普遍意义，因为得到了宗教的启示。人的生活重负得以在宗教里释放，一切宗教无不如此。如果说我清楚这一点，如果说我也能欣赏，我也知道我寻求的，不是具有普遍意义的东西，而是真实的东西。两者可能不会萍水相逢吧。

假如我说真正令人绝望的思想恰恰是由对立的标准来确定的，假如我说悲剧性作品在排除一切未来的希望之后，可以是描写幸运儿生活的作品，那么对上述看法就会理解得更好。生命越振奋人心，丢失生命的想法就越荒诞。这也许是人们从尼采的作品中感受到的那种高妙不孕性之秘密吧。在这样的思想架构中，尼采好像是唯一从大写的荒诞美学得出终极结论的艺术家，因为他最后发出的启示带着一种咄咄逼人的清醒明察，虽然这得不出结果，但这种启示执著地否定一切超自然的慰藉。

以上论点足以揭示卡夫卡作品在本篇散论中的头等重要性。我们被他的作品带到人类思想的边陲。从充分的意义上来看，可以说在他的作品里，一切都是有本质性的。反正他的作品把荒诞问题整个儿端出来了。我们要是把这些结论与我们最初的看法相对照，把内容与形式相对照，把《城堡》的隐秘含义与其借以铺展的自然朴实的艺术相对照，把 K 一往情深而桀骜不驯的探求与涉足其间的日常背景相对照，就会懂得卡夫卡的伟大是怎么回事了。因为如果说怀念是人性的标志，那或许谁也没有给过这些怨恨的幽灵们那么多的血肉和重视了。但同时我们也将懂得荒诞作品要求怎样奇特的伟大，而这种伟大在卡夫卡的作品里或许没有。如果说艺术的特质是把一般与个别相联结，把一滴水可摧毁的永恒与水珠莹莹的闪光相联结，那么评估荒诞作家的伟大可依据他在这两个世界之间所善于引进的距离，是更为切实的了。荒诞作家的秘密是善于找到这两个世界在最大的不协调时所会合的确切点。

说实在的，这种人与非人性的几何学切点，纯洁的心灵到处都会觉察到。《浮士德》和《堂吉诃德》之所以是艺术的杰出创作，是因为纯洁的心灵用人间的双手向我们指明无限的伟大。然而，精神否定人间双手可能触及真理的时刻总会到来。还有这样的时刻，创作不再被悲情化，而仅仅被严肃对待。于是世人便关心希望了。但这又与世人不搭界。世人的事情是躲避虚与委蛇的遁词。而卡夫卡向全宇宙发出慷慨激昂的讼诉。到了最后，我碰到的却是虚与委蛇的遁词。这丑恶而张狂的世界，连鼹鼠都搅和进来奢谈希望，卡夫卡令人难以置信的判决，到头来却把这个世界无罪释放了。

上述建议，明显是对卡夫卡的作品作的一种解释。但要补充一句才为公平，不管作出何种解释，从纯美学角度去考量他的作品也是可以的。譬如，格勒图森为《讼诉》所作的精彩序言，比我们明智得多，他只限于单单追随他称之为“被惊醒的睡着”的痛苦想像，发人深省。这部作品的命运，或许这部作品的伟大，正是把一切都献出来了，却对什么也没有确认。

附编：《反抗者》节译

绝对否定

历史上是萨德首次发动了严密连贯的攻势，他把截止梅利埃[1]神甫和伏尔泰不信教的思想论据汇集起来，构建了一架单一而巨大的战争机器。不言而喻，萨德的否定是最极端的。他从反抗唯一得出的是绝对的“不”。他身陷囹圄二十七年，居然没有产生过妥协的想法。一般来说，如此漫长的囚禁会孕育出奴仆或杀手，抑或两者兼于一人。如果说他的天性坚强得足以在牢房深处构建一种并非屈从者的伦理，那么多半将是主宰者的伦理。孤家寡人的伦理学是以权力为前提的。有鉴于此，萨德是个典范。这不，他受到社会的残酷对待，也残酷地回敬社会。他做为作家是其次的，尽管受到我们同代人某些喝彩叫好和轻率追捧。如今他如此直率地受到赞扬，究其原因，与文学已渺不相关了。

人们赞誉他为戴镣铐的哲学家，首位绝对否定的理论家。萨德确实当之无愧。他在牢底的梦想无边无垠，现实根本奈何不了他。狂怒中得到的智慧在锁链中失去，却变得清晰可辨了。萨德只有一种逻辑，即情感的逻辑。他没有创建什么哲学，而是个被迫害妄想症患者，沉迷于畸形怪胎的梦想。这种梦想只不过碰巧带有预言性罢了。萨德对自由的偏激诉求使他陷入备受奴役的帝国，他对生活的奢求遭禁之后，变得越来越疯狂，于是沉湎于摧毁世界的迷梦来求得满足。至少在这一点上，萨德是我们的同代人。不妨对他连续不断的否定进行一番探幽析微吧。

一个文学家

萨德是无神论者吗？他入狱前在《神父与垂死者对话》(1782)中说是的，人们也信了，但后来他疯狂亵渎神明，人们又将信将疑起来。圣奉[②]，这个萨德作品中最残忍的一个人物，决不否定上帝，只限于发展神秘学教派的理论，崇拜邪恶创世神，从中取其适当的推论。有人说，圣奉不是萨德。不错，想必不是吧。小说人物从来不是创造这个人物的小说家，倒是有可能所有的人物集于小说家一身。不过，萨德笔下所有的无神论者原则上确定上帝不存在，道理明摆着的，所以他认为，要是上帝存在，也意味着上帝麻木不仁，邪恶多端或凶狠

① 旧译梅叶神甫(1664—1729)，法国乡村神甫，却是无神论者，否认“第一推动力的存在”，也是唯物主义者，认为“只有物质才能推动物质”，意识是物质的产物，其名言有“砍去脑袋，意识也就随之消失”。

② 《茱利叶特或邪恶的幸福时刻》(1797)中的人物，根本不像无神论者那样否定上帝，也不像有神论那样为上帝洗刷罪名，而是认同上帝，尽管上帝沾染种种邪恶。

残忍。萨德最有名望的作品是《茱斯蒂娜或美德的厄运》(1791)，其结局展现了神明的愚蠢和仇恨。茱斯蒂娜在暴风雨中奔跑，而罪犯瓦瑟耶则发誓将改信异教，假如她幸免天雷的电击。霹雳[①]刺死茱斯蒂娜，瓦瑟耶获胜，于是世人的罪行将继续回报神明的罪行，从而产生一种不信教者的打赌，回驳帕斯卡尔的打赌[②]。

有鉴于此，萨德对上帝的看法至少是，上帝是个有罪的神明，践踏世人，否定世人。他认为，杀害是一种神明的象征，这在宗教史上颇为常见。那么为什么世人要行善积德？囚徒第一个反应便是跃入极端结论：既然上帝杀害并否定世人，就什么也不能禁止世人否定并杀害同类。这种愤激的挑战完全不像1782年《对话》里尚可找到那种心平气和的否定了。他既不平静也不幸福，而是疾呼："什么都不属于我，什么也不出于我"，于是他得出结论："不，不，善德和邪恶，全部混杂在棺材里了。"萨德认为，上帝的理念唯一可循的就是"上帝不可能原谅世人"。"原谅"一词，在这位高谈施虐的导师笔下已经很古怪了。但他不能原谅的正是他自己，每当产生一种思想，就被自己对世界的绝望看法完全驳倒，就被自己的囚徒状

① 与希腊神话中朱庇特手执的闪电形小投枪是一个词，此处意为天意。

② 帕斯卡尔(1623—1662)，法国数学家、物理学家、哲学家、散文家。《思想录》作者。晚年转向神学研究，劝人信教，跟人打赌曰："信教者，有百利而无一害"，故名"帕斯卡尔的打赌"。此处不信教者的打赌正好相反："凡信教者，有百害而无一利。"

况完全驳倒。从此，萨德的推理就受到双重反抗的引导：反对世界秩序和反对他自己。由于这两种反抗无论在哪里都是矛盾的，在一个受迫害者迷乱的心里也不例外，他的推理始终都是模棱两可的或理所应得的，无论根据逻辑的明晰度，还是从怜悯的着力度加以研究，一概如此。

因此，他要否定世人及其道德，因为上帝否定两者。但同时他将否定上帝，尽管上帝迄今一直为他作担保，并且跟他是同谋。以什么名义？一个身陷囹圄四壁的人得以活下来，靠的是对世人的憎恨，他身上最强烈的本能就是性本能，所以用的是性本能的含义。萨德笔下的重要罪犯为自己的罪行找借口，说什么他们的性欲过度旺盛，自己无法控制。那么什么是性本能？所谓性本能，一则是本性呼唤，再则是占有欲的盲目冲动，要完全占有人体，甚至不惜把人体毁灭。萨德以本性的名义否认上帝，因为那个时代的意识形态资料给他提供了机械论的说辞，所以他把本性视为一种摧毁的力量。对他而言，本性即性也。萨德的逻辑把他引向一个无法无天的世界，唯一的主宰定是极度的性欲力量。那是令他陶醉的王国，使他发出最美好的呼唤："让地球上所有的妙人儿都来回应我们唯一的欲望吧！"萨德笔下的人物表明本性需要犯罪，先把本性摧毁而后创新本性，因此世人摧毁自身之时就会协助本性创新，他冗长的推理仅仅旨在建立囚犯萨德的绝对自由，他被压制得太公正了，恨不得把一切炸个稀巴烂。在这一点上，他与自己的时代作对：他诉求的自由并非关乎道德准则的自由，而是关乎本能的自由。

萨德大概梦想过某种全球共和国，通过宗教改革派的一名智者扎梅向我们阐述其纲领；进而向我们指出，反抗的方向之一，虽然是解放全世界，但只要反抗运动加速进行，反抗就越来越不能忍受制约。然而萨德全身心都与这个虔诚梦想格格不入。他不是人类的朋友，因为他憎恨博爱者。有时他谈及平等，那是一种数学概念：人与物是等价的，受害者均有可耻的平等。人一旦将其欲望推至极端，就必定要主宰一切，其真正的功成名遂寓于憎恨之中。萨德的共和国并不是把自由作为原则，而是把不信教作为原则。这位特殊的民主主义者写道："正义并不真正存在，而是一切激情的神化。"

《小客厅里的哲学》(1795)一书中，多尔芒塞[①]诵读一篇奇文，题为《法兰西人，你们若想成为共和派，就再努力一把！》[②]。这篇短文很有点名气，没有比这篇文字更能说明问题了，正如皮埃尔·克洛索夫斯基[③]正确指出，这篇短文向革命者指明，他们的共和国建国根基，是残杀享有神权的国王，

① 萨德作品。多尔芒塞是个最堕落、最危险的犬儒主义者，与德·圣安琪夫人对话，高谈色情哲学，讲述各种色情变态的情节。

② 这是一篇社会契约式的奇文，鼓吹色情的自由宣言。

③ 克洛索夫斯基(1905—2001)，法国作家和艺术家，参见《萨德，我的同类》(1974)，塞耶出版社。

这样就等同于1793年1月21日他们把上帝送上断头台，从此革命者们自我解禁，永远不必禁止自己犯罪，不必扼制作恶本能。君主政体在维护自身的同时，维护着关乎上帝的理念，用以建立法律。而共和政体自立门户，其道德风尚应当是没有戒律的。但，克洛索夫斯基硬是认为萨德怀有很深的亵渎神明情结，并认为这种对宗教的憎恶把萨德引向他所陈述的结论，这是很可疑的观点。更有可能的是萨德先下结论，而后发现了适当的论据，证明他向彼时政府提出的要求是正当的，即绝对允许他所主张的道德风尚。情欲的逻辑推翻了传统的推理秩序，把结论置于大小前提之前。萨德在上述短文中，运用一连串诡辩来证明诽谤、盗窃和杀害是合理的，并要求新城邦容忍这些行为，我们只要把这篇奇文拿来共赏一下，便足以叫人心悦诚服。

然而，就在此处，萨德的思想最为深刻。他以彼时异乎寻常的洞察力，拒绝自由与德行那种华而不实的结合。自由，尤其当自由是囚徒的梦想时，不可能忍受限制。自由，要么是罪行，否则不再是自由了。在这个基本论点上，萨德从来没有改变过。此公所宣扬的，仅是些矛盾百出的东西，但有个论点却是始终前后一致的，绝对一以贯之的，即有关死刑的观点。作为精明干练的业余杀手，作为性犯罪的理论家，他从来不肯忍受法定的罪行。“我被国家囚禁，眼睁睁等着上断头台，所遭受的痛苦百倍于所有可以想像的巴士底监狱。”萨德在这样的恐惧下，丧尽了在恐怖时代[1]那种公开表现为温和派的勇气，彼时还大度地为其贵族岳母求情，尽管正是她将其投入巴士底狱。几年之后，诺迪埃[2]也许不知不觉但简明扼要概括了萨德顽固捍卫的立场：“在感情极度狂热下杀死一个人，是可以理解的。但在认真思考的冷静中以某个可尊敬的政府部门为借口，一个人杀死另一个人，这就令人难以理解了。”因此，杀人必偿命，这个想法一旦露头，像萨德这样的人是会拿来发挥的。君不见，萨德比我们当代人更讲道德。

然而，萨德对死刑的憎恨始于一味憎恨颇为相信自己美德的人们，抑或颇为相信自己事业美满的人们，因为他竟敢惩罚别人，并且一劳永逸地惩罚别人，而他们自己本身就是罪犯。人总不能同时为自己选择犯罪又为别人选择惩罚吧。必须打开监狱，抑或证明自己的美德，但不可能拿出证据。人们一旦认可杀人，哪怕仅有一次，就势必将其普遍化。按本性行事的罪犯不可能站在法律一边而不被判罪。“你们若想成为共和派，就再努力一把！”意味着：“认可犯罪的自由吧，这是唯一合理的自由，永远投入反叛吧，正如投入圣宠的怀抱！”因此，完全屈从于恶，便是走向一种可怖的禁欲，势必使共和国惊恐

---

① 即从1793年5月至1794年7月法国大革命时期。

② 查理·诺迪埃(1780—1844)，法国作家。他的文学尝试表明世人经常夹在两个世界之间不知所措：地球只是世人匆匆路过的地方，另一个世界是超现实的人们梦幻的世界，正是文学梦那样谵妄的世界。

万状，而天性善良的共和国刚受到启蒙哪！这不，共和国的第一次骚乱就把萨德的《索多姆一百二十天》(1777)手稿焚烧了，可谓意味深长的巧合，所以势必揭露这种异端的自由，并重新将如此犯忌的鼓吹者禁锢起来。但同时，共和国给了他令人毛骨悚然的机会，迫使他把反抗的逻辑推得更远。

全民共和国，对萨德而言，曾经是一个梦想，从来不是一种意图。政治上，他真正的立场是犬儒主义。他的《犯罪之友会社》公然声称拥护政府及其法律，却又随时准备违犯法律。于是，追随者纷纷投票支持保守派议员。萨德所思考的方略是以政权宽厚的中立为前提的。犯罪的共和国不可能是全民的，至少暂时不可能，必须佯装服从法律。然而，在一个惟有以杀害为规则的世界里，在罪恶的天空下，以犯罪之天性为名义，萨德实际上仅仅服从孜孜不倦的欲望法则。但自己无节制的欲望也等于接受别人的无节制欲望。允许摧毁意味着自己也可以被摧毁。因此，必须斗争和统治。这个世界的法则只不过是暴力的法则，其动力就是权力意志。

犯罪之友实际上只尊重两种权力：一种建立在以出身偶然性为基础上的权力，可见于萨德笔下的会社；另一种是被压迫者往上爬所获取的权力，他们要尽无赖，暴发升迁，竟与不信教的达官显贵平起平坐，萨德将他们塑造为常见的人物。这一小撮强势人物，这些被纳入犯罪之友会社的人物，他们心知肚明自己拥有一切权力。谁若怀疑这种令人生畏的特权，哪怕须臾之间，也会立即被驱逐出这帮徒子徒孙的队伍，重新沦为受害者。结果，他们在道德上信奉某种布朗基主义[①]，听凭一小撮男女坚定地凌驾于一个盲从者阶层，因为他们掌握着一种离奇的学问。对他们而言，唯一的问题在于组织起来行使全部权力，将其欲望扩大得骇人听闻。

只要世界不认可犯罪法，他们就无法让全球刮目相待。萨德甚至从未相信过他的国家会同意额外努力而变成“共和政体”。假如犯罪和欲望不受全世界法律保护，假如他们不能主宰，哪怕在明确规定的领土上统治，那么他们不再是一统的道德典范，而是冲突的起因。一旦他们不再是法则，世人便回归一盘散沙，听天由命。所以必须按照新法律确切的标准，全盘创造一个新世界。一统性诉求被造物主辜负之后，便竭尽全力在一片小天地里得以自我满足。强权法则从来没有耐心实现世界帝国，总是立即责无旁贷地划定其行使权力的地域，即使不得不用带刺的铁丝网周匝而围，并在四周建立观察塔楼。

萨德笔下的强权法则建起封闭的场所、壁垒森严的城堡和七道围墙，逃跑是不可能的，这里的性欲暨犯罪会社遵守铁面无情的规则，没有冲突。最放纵的反抗，自由的全面诉求，到头来都遭到多数派的制服。对萨德而言，人的解放在这些放荡

① 布朗基(1805—1881)，法国革命家，空想社会主义者。曾积极参加 1830 年七月革命和 1840 年二月革命，组织过四季社等秘密团体，领导过多次秘密起义。巴黎公社时期，因在狱中，缺席当选公社委员。

堕落的地堡里业已完成，由邪恶政治局处理男男女女的生与死，因为他们一劳永逸地陷入了必然地狱。萨德的著作充斥这些得天独厚的场所描述，每每不信教的封建主们向聚在一起的受害者证明他们的绝对性无能和奴才相，重弹《索多姆的一百二十天》中德·布朗吉公爵的老调，他向平头百姓说："你们已经是世上的死人了。"

萨德本人同样也寓居自由之塔，不过是在巴士底城堡监狱。绝对反抗伴随他隐藏在污秽不堪的监狱堡垒，不管被迫害者还是迫害者，谁都无法从那里出去。为了缔造他的自由，萨德不得不筹划绝对避免不了的事。欲望的无限自由意味着否定他人和消灭怜悯，那势必扼杀心灵，导致"智力极差"；更有甚者，住处封闭和规章制度导致知识更加贫乏。在他虚构的传奇性城堡里，规章制度起着关键的作用，造就一片互不信任的天地。这有助于一切都在预料之中，以至于不让一丝意外的温情或怜悯来扰乱干好事干乐事的计划。奇怪的好事乐事，没错，倒是在执行戒律："每天上午十点起床……"并且乐在其中。然而，必须阻止这种快乐蜕变为依恋，必须加以限制，硬化快乐感。为此，还必须使快乐的对象永远不像人的表现。假如人是"一种绝对物质化的植物"，那么人只能当作物件所受到的对待，当作实验的物件所受到的对待。

萨德的共和国是用铁丝网周匝而围的，那里只有机械和机械师。规章制度是机械的使用说明书，机械的每个配件都有自己的位置。那些污秽不堪的女修院有其规章制度，是大量从宗教团体抄袭来的。不信教的人就这样争先恐后公开忏悔，但指标改变了："假如他的行为是纯洁的，那他就受谴责。"

有鉴于彼时的风尚，萨德就这样建立起一个个理想的会社。不过与其时代相反，他所构建的密码却是人之初性本恶。他以先驱自诩，一丝不苟地建造权力和仇恨的城邦，甚至于把他所征服的自由用数字表达出来。他用冷冰冰的账簿概括其哲学，记载如下："3 月 1 日前屠杀十人；从 3 月 1 日起屠杀二十人；之后回落到十六人，共计四十六人。"

假如一切到此为止，萨德的功绩仅在于那些注定被埋没的先驱们。然而，城壕上的吊桥一旦拉起，那就必须在城堡里生活了。不管规章制度怎么严密细致，终究预见不了一切。还可能是破坏性的，而非建设性的。那些备受折磨的团体头头们在那里找不到他们所觊觎的满足。萨德经常提及"甜美的犯罪习惯"，然而，那里没有任何恰似甜美的东西，更恰当地说，有的是身戴镣铐者的狂怒。关于找乐子，确有其事，不过，最大限度的乐子，总伴随着最大限度的破坏。占有被扼杀的东西一旦与痛苦交配，定是完全自由的时刻：城堡的一切组织活动势必趋向这个时刻。然而，性犯罪消灭肉欲对象之时，肉欲享受也随即消失，因为性快乐只存在于消失的那个确切的时刻。于是，不得不屈尊俯就另一个对象之后，又一次将其害死，如此往复，害死无数个可能存在的对象。就这种，一幕幕凄惨的色情犯罪场景呈现在读者面前，萨德小说中这些场景的风貌一成不变，矛盾百出地给读者留下贞洁被玷污的丑恶记忆。

在这个天地里，两个肉体同声相应、同气相求，心花怒放地共享着巨大的快乐，这会带来什么？实属非现实的寻求逃避绝望，而最终仍陷于绝望，而且从奴役奔向奴役，从监狱奔向监狱。如果说唯有本性是真实的，如果说本性中唯有性欲和破坏是合理的，那么人的主宰本身并不足以满足对血的渴求，进而就会冒险跟全人类同归于尽了。依照萨德的公式，必须使自己成为本性的刽子手。但，这并不那么容易做得到的。簿记合上了，受害者也死光了，刽子手们留在孤寂的城堡里面面相觑，他们还会若有所失的。肉体遭摧残后化为元素，回归自然，生命又从中诞生。杀害本身尚未自行完成：“杀害只夺去我们所打击的个体的第一个生命，还必须能够夺去他的第二个生命……”萨德暗算着扼杀造化：“我痛恨自然……很想打乱自然的布局，阻碍自然的进程，阻止天体的运行，搅乱太空中飘浮的星球，破坏有助于自然的东西，保护损害自然的东西，总之，践踏大自然的作品，但，我做不到哇，无能为力呀！”他痴心妄想做个机械师，能把宇宙拆卸个稀巴烂，明明知道在星球的尘埃中生命仍将继续存在。扼杀造化是不可能的。谁也无法摧毁一切，总会有东西留存下来。“我无能为力呀……”萨德如是说，却突然感到无情而冰冷的宇宙是那么轻松自如，自己却陷入极度的哀怨之中，这里，萨德终于以悲情感动了我们，尽管他心里并不这么想。“我们也许可以攻击太阳，把太阳从宇宙中抢走，抑或把太阳用来焚烧世界，这没准也是罪恶吧，这……”是的，世界依然必须向前迈进，尽管刽子手们正用目光互相直逼着对方哩。

刽子手们一个个都是孤独的，仅有一条法则管辖他们，那就是权力法则。既然他们接受了权力法则，他们就是主子了。但，一旦权力法则反过来针对他们，那么他们再也无法摒弃了。一切权力皆趋向一统和寡断。杀戮还必须进行下去，将轮到主子们之间厮杀了。萨德隐约看到这个后果，却不退缩。一种恶癖的怪异禁欲主义少许揭示了反抗的末流层面。萨德不会争取加盟温情的、和解的世界。城堡的吊桥不会放下，他欣然接受人生毁灭。拒绝引起的暴力到达极端就会变成无条件地接受，这种接受不失为高尚。届时主子就会接受自己成为奴隶，也许甚至渴望成为奴隶。“对我而言，断头台也许就是肉欲享受的御座。”

这么说来，最大的毁灭与最大的肯定相吻合了。主子们互相拼争，为颂扬不信教而建立的业绩“布满不信教者的尸骸，他们都是登上各自天才的顶峰时被击倒的”。（布朗肖[①]语）最强势者将存活下来，将是孤独的个人，独善其身者，萨德为之歌功颂德的人，最终萨德本人是也！归根结底，他成了主宰，

① 莫利斯·布朗肖（1907—2003），法国评论家和小说家，此语出自《洛特雷阿蒙与萨德》（1949）。

成了主子兼神祇。但，就在他登上胜利的顶点那一瞬，梦想破灭了。独善其身者返回为囚徒，可谓独善其身者是肆无忌惮的想像造就的，萨德与其相符。确实，他孤单一人囚禁在沾满鲜血的巴士底狱，整座监狱是围绕着尚未平息的肉体而建造的，但往后已没有对象了。他只是在梦想中凯旋，洋洋十几卷著作充斥肆虐残暴和玄学哲理，归结为一种不祥的苦行，一场从彻底的“不”至绝对的“是”的行进，最终认同死亡，把扼杀一切和消灭全民改头换面为集体自杀。

有人把萨德的模拟像拿来执行死刑，同样也是在想像中杀人。普罗米修斯的最终结局与俄南[①]同出一辙。萨德将以囚徒身份终结自己的一生，不过出狱后被囚在收容所里，在一群有幻觉的人中间临时搭建舞台演戏。世界秩序未给予他的满足，梦幻和创作给他提供了一种令人耻笑的平衡。作家，当然喽，可以无所顾忌。对他而言，至少界线已经冲破，可以坚持为所欲为了。仅此而言，萨德是个完美的文学家。他构筑了一个虚幻的世界，让自己萌生幻觉，并置身其间。萨德把“通过写作所实现的道德罪”置于一切之上。他无可置疑的功绩在于一针见血揭示反抗的逻辑所带来的极端后果，而这种不祥的洞察力出自积压已久的狂热，尽管至少将其根源的真相置之度外了。

---

① 参见圣经《创世记》第三十八章：俄南(Onan)是犹大的第二个儿子，其长兄被耶和华处死后，犹大命令他跟长兄的妻子同房生子，为长兄传后。俄南佯装同房，但将精液射在地上。后人称 onanisme 为手淫。

这些后果就是：全盘封闭，普遍犯罪，犬儒主义的贵族政治和世界末日的旨意，以上后果在萨德去世许多年后将会死灰复燃。不过，他在津津乐道之后，似乎已作茧自缚，自陷绝境，只在文学中得以宣泄解脱罢了。奇怪的是，正是萨德把反抗引向艺术之路，而浪漫主义介入后，将反抗在艺术道路上推向更远。萨德写道："有些作家伤风败俗，非常危险，非常烈性，把他们可怖的思想体系付之以梓，其目的只是将他们的罪行整个儿在他们身后广为流传；届时他们虽然无法再犯罪，但他们该死的作品依然可以作恶多端，念及于此，他们带着这种甜美的想法进入坟墓时，颇感欣慰，因为死亡使他们放弃现存的一切时，将应尽的义务也同时埋葬了。"他自己也属于这类作家。他的反抗作品正是这样见证着他渴望苟且偷生。即使他觊觎不着像该隐[①]那样永垂不朽，他至少也可企盼形而上反抗，并身不由己地证明形而上反抗是最真实的反抗。

再说，萨德的后继者有义务颂扬他，尽管他的继承者并非全是作家。确实，他吃过苦受过难，为富人区和文学咖啡厅激扬想像力而死而后已。但不光如此。萨德居然在我们的时代获得成功，说明他的梦想与当代的感知力是相通的：诉求完全自由和动脑筋冷处理非人性化。把人贬抑为试验物，确定权力意志和物体人之间关系的规则，建立这种伤天害理的试验所需的

① 《圣经》中亚当的儿子。

封闭场所，等等，都将成为权力理论家们重新安排的课程，倘若他们硬要策划奴隶们的时代。

两个世纪以前，萨德在一个狭隘的范围内，以狂热自由的名义颂扬极权社会，尽管反抗实际上并没有这种诉求。当代的历史和悲剧事实上是随着他而开始的。他一味相信，以犯罪自由为基础的社会想必可以与风化自由并行不悖，好像奴役有其限度似的。我们的时代则局限于将全民共和国的梦想和堕落的机制奇特地融为一体。归根结底，萨德之最恨是合法杀人，进而他发现本能杀人可加以利用，很想把这方面的发现记到自己的功劳簿上，硬想把罪行变成狂暴恶癖的果实，即所谓奇异而甜美的果实。当今这样的罪行只不过是警察品行的阴毒习性。在文学上倒是令人惊讶的礼品。

浪荡公子的反抗

——原名《魔王，路济弗尔与浪荡公子》

不妨再花点时间谈谈文学家。说真的，浪漫主义以其混世魔王般的反抗只不过趋附想像的奇遇。与萨德如出一辙，浪漫主义者脱离古式反抗，偏重恶和个体。在此阶段，反抗强调挑战和拒绝的力量，却忘记反抗的积极内容。既然上帝要求善寓于世人，那就必须把善搞得一钱不值，进而选择恶。因此，对死亡和非正义的憎恶至少将导致对恶和杀颂扬备至，即使不去实践恶和杀。

浪漫主义者偏爱的《失乐园》[1]中，撒旦的斗争和死神的斗争均为这种悲剧的象征。由于死神偕同罪神变成撒旦的儿子，其象征意义更为深刻。反抗者由于且认为无罪，所以与恶斗争时摒弃善，从而重新孕育恶。浪漫主义英雄首先分不清善与恶，可以说把宗教上的善与恶混淆得一塌糊涂。例如，英国诗人威廉 · 布莱克（1757—1827）著作中这是压倒一切的主题。这类英雄是“命中注定的”，因为天命早把善与恶混淆了，所以世人是无法抗拒的。命定性排斥价值判断，代之以“就是这样的”，从而原谅一切，但不肯原谅造物主，因为造物主是唯一要对引起公愤的事实负责。浪漫主义英雄也是“命中注定的”，因为随着他的力量日益壮大和才华不断增强，恶的威力在他身上也越发壮大。于是，一切权力，一切过分，却冠以“就是这样的”。让艺术家，尤其诗人，魔鬼附身，这个非常古老的想法在浪漫派作家身上找到了富有挑衅性的表达。在这样的时代，甚至出现一种魔鬼帝国主义，旨在把一切归并于属下，直至把正统派的天才们归顺于麾下。布莱克觉察到：“弥尔顿之所以谈到天使和上帝时下笔拘谨忌惮，而论及魔鬼和地狱时则写得大胆泼辣，正因为他是个真正的诗人，置身于魔鬼

---

① 《失乐园》（1667），由十二篇诗集成，是英国诗人约翰 · 弥尔顿（1608—1674）的代表作。

一边而不自知。”于是，诗人，天才，世人，以其最崇高的形象，与撒旦同时呐喊：“永别了，希望，但怀有希望时，与恐惧诀别吧，与悔恨诀别吧！……恶呀，成为我的财富吧！”这是无辜受凌辱者的呐喊。

因此，浪漫主义英雄自认为因怀念行善不成而被迫作恶。撒旦奋起反对其造物主，因为后者使用暴力欺压他。弥尔顿笔下的撒旦指出：“造物主理性上也讲平等，但实际上，借助暴力凌驾于平等者之上。”就这样，神明的暴力脆快了当地受到了谴责，正如赫尔曼·麦尔梅尔[①]指出：“弥尔顿笔下的撒旦在道德上大大超越上帝，尽管遭受艰难困苦和逆境厄运，依然百折不挠：他优胜于那种对仇敌施以心狠手辣报复的人，因为后者处在稳操胜券的冷酷安全中。”所以，“离开上帝越远越好”，这样反抗者就可以主宰与神明秩序相敌对的一切力量。因为，善是上帝出于某些不公正的意图而确立和使用的一切概念，所以，邪恶王子只能自选其道。无辜本身就把反叛者惹翻了，因为这意味着盲目受骗。“无辜触怒的黑色恶鬼”所挑起的人类不公跟神明不公不相上下。既然暴力是创世之根基，就干脆以暴还暴吧。绝望到极点总还是事出有因，即使反抗处于满怀仇恨的无作为状态，在经历漫长磨难的过程中，善与恶的区别也就彻底消失了。

---

① 赫尔曼·麦尔梅尔(1819—1891)，美国诗人和小说家，很受加缪推崇。

（撒旦）再也感受不出善事与恶行，

他失去了快乐，因为制造了不幸。

这是维尼[1]笔下的撒旦。他的两行诗道出了虚无主义的特征，也批准了杀害。

确实，杀害很快变得和蔼可亲了。只需把中世纪雕刻家给画家所创作的路济弗尔与浪漫派的撒旦比较一番便了然于胸。“年轻忧郁和风流倜傥”的少年（维尼语）替换了长角的野兽。“不知天高地厚的潇洒美男子。”（莱蒙托夫语）孤独而强势，忧伤而傲慢，若无其事地欺压他人。他的托辞是痛苦。弥尔顿笔下的撒旦说：“谁敢羡慕这样的人：地位虽最高却被判无休止最大份额的痛苦？”遭受如此之多的不公，遭受如此之久的痛苦，导致各种各样的过度。于是，反抗者给了自己几多方便。杀害总不至于推荐给反抗者自己吧。但，杀害已纳入狂热之价值内涵，这对浪漫派而言是至高无上的。

狂热是无聊的反面：罗朗萨丘[2]梦想成为凶汉。美妙优雅的感受性偏偏呼唤野蛮人的粗放狂热。拜伦式的英雄对爱情无能为力，抑或即使有性能力也不可能成功，只好苦于忧郁。他孤独、颓丧，其生存状况使他委靡不振。他苦想感受生活，就必

---

① 维尼（1797—1863），法国浪漫主义诗人和作家。

② 历史剧《罗朗萨丘》的主人公，法国浪漫主义诗人和剧作家缪塞（1810—1857）代表之一。

须采取一个短暂而凶险的行动，使自己极度兴奋起来。爱得情有独钟，决不再有第二次钟情，那就是爱得如火如荼，乱喊乱叫，然后自消自灭。此公只在稍纵即逝的瞬间活了一回，为了：

> 一颗被暴风雨裹挟折磨的心
> 与暴风雨建立短暂而鲜活的联姻。
>
> ——莱蒙托夫

致命的威胁笼罩我们的生存状况，使万物凋零。惟有呐喊方能活得下去，把亢奋充当真理。到了这般地步，世界末日论成为一种价值，把一切都混为一谈：爱情与死亡，良心与犯罪，一概鱼目混珠。在脱离轨道运行的世上，别无其他，只此一种生活，即陷入深渊的生活，用阿尔弗雷德·勒普瓦特万[①]的话来说，“狂怒得发抖却依恋着犯罪”的人们身临深渊里打滚，为了在那里面咒骂造物主。于是，狂乱的陶醉以及达到极限时所犯下漂亮的罪行在一瞬间耗尽了一生的全部意义。浪漫主义好在并未宣扬本义上的罪恶，只是热衷于通过不法之徒的传统形象，比如善良的苦役犯[②]，又如慷慨的盗贼[③]，来阐释其诉求的深层运作。充满血腥的情节剧和黑色小说风靡一时。皮

① 生卒不详。
② 暗喻雨果代表作《悲惨世界》的主人公让·瓦尔让。
③ 暗喻巴尔扎克代表作《高老头》和《幻灭》中的重要人物伏特冷。

雷克塞库尔从书的廉价吊起世人心中这类可怕的胃口，而另一些欲望则在灭绝集中营里得以满足。这些作品想必也是对当时社会的挑战。但，追本溯源，浪漫主义首先挑战的是道德法则和神明法理。有鉴于此，浪漫派的原始形象首先不是革命者，而在逻辑上，是浪荡公子。

所谓逻辑上，是指这种顽固的玩世不恭只能翻来覆去肯定不公正，甚至某种程度上巩固不公正，以此来为自己的行为辩护。在此阶段，痛苦只在治愈的条件下才可承受。反抗者选择了对最坏的事情进行形而上思考，并将其表现在使人苦恼不堪的文学中，我们至今还未摆脱这种如入地狱的苦恼。"我感受到我的权力，同时也感受到我的镣铐。"（彼鲁斯·博雷尔语）[①]这类镣铐备受青睐。也许不必用镣铐来证明或行使权力，毕竟还没有把握拥有权力嘛。就拿博雷尔本人来说，他在阿尔及利亚谋得一份官差，此公竟然以普罗米修斯自居，硬要关闭酒吧，硬要移居民移风易俗。尽管如此，任何诗人，想要被接纳，就该挨骂。我们的文学至今仍感切肤之痛。马尔罗说："该死的诗人不复存在了！"是不多了吧！但其他诗人却是问心有愧呀！

夏尔·拉萨伊[②]亲自策划过一部哲理小说：《罗伯斯庇尔

① 彼鲁斯·博雷尔(1809—1859)，法国作家，绰号"人狼"，激进共和派。
② 生卒年不详。

和耶稣·基督》，每晚总得大声说上几句亵渎神明的疯话，以资壮胆，否则睡不着觉。反抗者以服丧装扮自己，登上舞台让人追捧。浪漫派把个体崇拜推向更远，是开创个人崇拜的鼻祖。这在当时很合乎逻辑。浪漫派反抗从形态上寻找答案，不再对上帝的戒律或单一性抱希望，顽强集聚起来面对厄运，迫不及待地维护在注定死亡的世界上一切尚可维护的东西。形态把听天由命、被神明暴力摧垮的世人集聚在审美的统一性中。必将死亡的人在消逝之前至少辉煌一番，这种辉煌使浪漫派的反抗者振振有词。所以，此种辉煌成了一个固定不变的基点，惟其可资对抗怀恨的上帝那一成不变的面目。僵硬的反抗者顶住上帝的目光，毫不示弱。弥尔顿说："任何东西都改变不了这种始终不渝的精神，这种因良知受辱而产生的傲慢。"一切都在骚动，都在奔向虚无，然而被凌辱者仍执著不懈，至少维护着自豪。雷蒙·格诺[①]发现浪漫派巴罗克风格一位艺术家的高论："一切精神生活的目的就是成为上帝。"说真的，这位浪漫主义艺术家在他那个时代是有点超前的。当时，目的只不过与上帝平起平坐，只要保持自己的水平就行了。此公并不想摧毁上帝，不过凭借不断努力，拒绝屈从上帝罢了。浪荡是苦行的一种堕落形态。

---

① 雷蒙·格诺(1903—1976)，法国作家，著有《超现实主义革命》(1929)，《文笔练习》等。

浪荡公子以美学手段创造自己的单一性。但这是一种奇特的、否定的美学。按波德莱尔的说法，“在镜子面前生活和死亡”，这就是浪荡公子的座右铭。确实，这一处世箴言是结构严密的，浪荡公子就其本义而论，是反对派，始终处于挑战中。至此，创造物与造物主是和谐一致的。一旦创造物与造物主决裂，那就听凭流逝的时刻和岁月摆布了，其感知性也被驱散了，所以必须重新掌握自己。于是，浪荡公子们团结起来，以拒绝为力量来铸造单一性。浪荡公子作为不守教规的个人必将与作为大人物的自己协调一致。所谓大人物的意思就是公众人物；而浪荡公子又只能以反对派的姿态出现，那就不得不寓于别人的面貌里确保自己的存在。他人即镜子。而镜子很快就模糊不清了，确实如此，因为人的注意力是有限的。注意力必须不断被唤醒，接受挑衅的考验。故而浪荡公子不得不始终不断使人惊讶。他的天职在于别出心裁，他的完美在于竞相许诺。不断决裂，远离社会生活，独善其身，否定他人价值，强迫他人也要独具匠心。他把生命当赌注，从而享受不了生活。他玩命，直至死亡，要不然孑然一身，连镜子也不照：对浪荡公子来说，孑然一身等于什么也不是了。浪漫派之所以如此堂而皇之高谈孤独，只是因为孤独是他们真正的痛苦，无法忍受的痛苦。他们的反抗植根于很深的层面，但从普雷沃神甫[①]的

① 普雷沃神甫（1697—1763），法国作家，小说《曼侬·莱斯戈》是其代表作。

《克利夫兰》到达达主义者，中间经过1830年的狂热分子、波德莱尔和1880年的颓废派，一个多世纪的反抗只不过廉价地满足于“标新立异”的大胆妄为。他们之所以善于众口一词高谈痛苦，是因为无望做到超越痛苦，只好人云亦云，戏谑模仿，本能地感受痛苦是他们唯一的托辞，是他们真正的贵族气派。

有鉴于此，雨果，身为法国贵族院议员，没有为浪漫主义遗产承担责任，却由波德莱尔和拉斯奈尔[①]这两个罪恶诗人担当。“这个世上一切都在暴露罪恶”，波德莱尔如是说，“报纸、高墙和人脸，无不渗出罪恶。”罪恶既成世界法则，至少让其具有雅致的面孔吧。拉斯奈尔，这个昭彰的罪犯绅士第一人，确实为此不遗余力了。波德莱尔欠严谨却有天才。他创造了恶之花，相比之下，罪恶只是一种较为稀罕的品种。恐怖本身变得具有细腻感，成为凤之毛麟之角。“我不仅乐于成为牺牲品，而且不怨恨成为刽子手，以便用两种方式来‘**感受**’革命。”更有甚者，波德莱尔的因循守旧在其作品中也有股罪恶的气息。他之所以选择迈斯特[②]作为思想导师，是因为迈斯特是坚持到底的保守派，而且把死亡和刽子手作为其学说的中心内容。波德莱尔若有所思地说：“真正的圣徒是为了民众的利

① 拉斯奈尔(1800—1836)，法国罪犯，因盗窃和两次谋杀被判死刑，上了断头台。著有《回忆录和启示》(1836)。

② 约瑟夫·迈斯特(1753—1821)，法国政治家、作家和哲学家，君主立宪派政治思想家，反对法国大革命，拥护教皇政权。

益而鞭打和杀戮民众的人。”他如愿以偿了：真正的圣徒族群开始遍及全球，以便奉行反抗的奇异论断。然而，波德莱尔尽管拥有撒旦武器库，尽管欣赏萨德，尽管亵渎神明，却依然太倾向神学，成不了真正的反抗者。他真正的悲剧，尽管使他成为他那个时代最伟大的诗人，却在别处。这里之所以提及波德莱尔，只是因为他是浪荡派最深刻的理论家，并为浪漫派反抗的一个最终论断给出一些明确的说法。

的确，浪漫主义证明反抗与浪荡派构成一体，其趋向之一是表象。浪荡派坦陈对某种道德的怀念寓于其传统的形式中。在名誉攸关的问题上，只不过名誉降级而已，但同时开创了一种美学，至今仍主宰于世，即孤独创造者的美学，正是这些孤独的创造者成了顽强的对手来对付受他们谴责的某个神祇。从浪漫主义开始，艺术家的任务不再只是创造一个世界，也不再只是为颂扬美而颂扬美，而是也要确立一种形态。这样的话，艺术家就成为样板，就自命为榜样：艺术是艺术本身的寓意。于是，神师的时代开始了。每当浪荡公子们不再互相残杀或不再成为疯子，他们便奔前程了，以获取成就为后世做出样子。即使他们像维尼那样呐喊，一旦他们三缄其口，他们的沉默也会引起轰动。

然而，浪漫主义内部本身，也出现几个反抗者，他们觉得这种形态乏善可陈，因而属于转型类，介于标新立异之士（或说话做作、衣着奇特的青年）和我们的革命冒险家之间。在《拉摩的侄儿》[1]和二十世纪的“征服者”[2]之间，拜伦与雪莱早已为自由斗得不可开交，尽管是公开论战，也招惹攻击，但那是另一种方式。反抗逐渐离开表象世界，进入彻底介入的行为世界。1830 年的法国大学生和俄国十二月党人应运而生，成为反抗最纯粹的化身，起先体现单独的反抗，然后通过牺牲，寻求联合的道路。但反过来看，崇尚世界末日和狂热生活又在我们的革命者心中油然而生。诉讼的排场，预审法官与被告的可怕交锋，审讯的演出，这一切有时让人猜想是在成全老一套的花招，尽管是悲剧性的成全。这不，浪漫主义反抗者拒绝自己的生存状况，暂时强迫自己接受表象，逆来顺受，寄希望于赢得一个更具深切关怀的存在。

拒绝拯救

浪漫主义反抗者虽说颂扬个体和罪恶，倒也不与世人为伍，只不过独善其身而已。风流浪荡，不管哪个派别，总归还是与上帝有关的浪荡派。而个体，作为创造物，则只能置于创造主的对立面。个体需要上帝，因为要跟上帝撒娇使性，尽管

---

① 《拉摩的侄儿》（1762）是狄德罗（1713—1784）的名著，写于 1762 年，抄本流传。1890 年才按原文出版。

② 暗喻马尔罗（1901—1976）《征服者》（1928）中的主人公们。

是可悲的那种撒娇使性。阿芒·胡格[1]说得在理，尽管这些作品充满尼采气息，上帝却依然未死。大肆鼓噪的入地狱罪，其本身只不过是与上帝开了个玩笑。与之相反，陀思妥耶夫斯基对反抗的描绘则进了一步。伊凡·卡拉玛佐夫站在世人一边，强调世人无罪。他断言，压伏世人的死刑是不公正的。至少，伊凡第一个行动远非为罪恶辩护，而是为其奉若神明的正义而辩护。因此，他们绝对不是否定上帝的存在，而是以某种道德价值驳斥上帝。浪漫主义反抗者的野心是与上帝平等对话。于是，以恶报恶，以高傲应对残酷。例如，维尼的理想是以沉默对待沉默。这里确实事关上升到上帝的水平，这已经构成亵渎神明。但，始料不及的是这意味着质疑神明的权力和地位。这种亵渎神明其实是敬奉之举，因为对神明的一切亵渎归根结底皆为参与圣事。

至于伊凡，则相反，语气变了。轮到上帝受审了，上帝受到居高临下的审判。假如恶对神明的创造不可或缺，那么这种创造是不可接受的。伊凡不再信赖神秘莫测的上帝，而信赖一个更高的原则：正义。他奠定了反抗的基业，即以正义王国替代神宠王国的基业。借此机会，他开始抨击基督教。浪漫主义反抗者认为上帝是以恨为基准的，所以与上帝本体[2]决裂了，

① 生卒年不详。

② 康德哲学的重要概念，系指不可认知的“自在之物”是与现象对立的。

而伊凡鲜明地拒绝基督教奥义，所以拒绝以爱为基准的上帝。惟有人间的爱能使我们认可遭受不公正的玛尔特，以及每日工作十小时的工人，甚而至于儿童们无法辩护的死亡。伊凡说：“假如儿童们的痛苦可以用来补足为获得真理所必需的苦难，从今以后我言必称不值得为此真理付出如此的代价。”他拒绝认可基督教传扬的苦难与真理的依附性。伊凡最深沉的呐喊，一言以蔽之：**“即使”**，这声惊天动地的呐喊在反抗者的脚下打开了万丈深渊：“即使我错了，我的愤怒也永不停止。”这就意味着即使上帝存在，即使基督教奥义涵盖真理，即使长老[①]佐西姆说得在理，伊凡也不接受这种以恶、以苦难、以横加于无辜者的死亡作为代价的真理。

更有甚者，伊凡成了拒绝独自得救的化身。他与受苦人团结一致，因为他们而拒绝天国。确实，假如他信教，他有可能得救，但其他受苦人就会下地狱。苦难就会继续下去。对怀有真正同情心而痛苦的人来说，是不可能存在拯救的。伊凡将继续质疑上帝之过，加倍拒绝信教，恰似人们拒绝非正义和特权。更进一步说，不妨评论一番从“要么想得到一切，要么什么也甭想得到”至“要么大家都得救，要么谁也甭得救”。

这种极端的决心，以及这样的决心必须有的态度，本来对浪漫主义者来说已足够了。然而，顺便提醒一下，伊凡某种程

---

① 俄罗斯沙皇时代东正教会长老。

度上就是陀思妥耶夫斯基，作者在伊凡身上体现得比在阿辽沙身上更加自如。伊凡虽然也屈服于浪荡风流，但实实在在也体验到自身的问题，在“是”与“否”之间受尽煎熬。从此，他自食其果。他若拒绝永生，还剩下什么？最起码的生命元素呗。尽管生命的意义给消除了，但生命依然存在。伊凡说：“我活着，不管合乎逻辑与否。”还说：“假如我不再信仰生命，假如我怀疑心爱的女子，假如我怀疑宇宙秩序，相反，假如我确信一切只不过是地狱般的、极可恶的混乱，我依旧很想活下去。”故而伊凡活着，爱着，尽管“不知道为什么”。但活着，也是行动嘛。以什么名义？假如没有永生，那就既没有赏与罚，也没有善与恶。“窃以为，没有永生就没有德行。”他还说：“我只知道苦难尚存，世无罪人，万事关联，逝者如斯夫，万物皆平衡。”但是，假如没有德行，那就没有法律：“一切皆许可。”

就是这句“一切皆许可”真正开创了当代虚无主义反抗的历史。浪漫主义反抗并没有走得这么远，总之，浅尝辄止，说什么不是一切都许可的，但可以放肆地去做被禁止的事情。与之相反，对卡拉玛佐夫兄弟而言，愤怒的逻辑会使反抗自作自受，进而使反抗陷入绝望的矛盾之中。两者基本不同之处在于，浪漫派允许自己做自得其乐又取悦于人的事情，而伊凡出于前后一贯性强迫自己作恶不行善。他不允许自己做善人。虚无主义不仅意味着绝望和否定，而且尤其蕴含绝望和否定的意志。此人诚惶诚恐维护着无辜者，在受苦的孩子面前颤抖，想“亲眼目睹”母鹿睡在狮子身旁，甚至受害者拥抱杀害者，但自从他拒绝认同神明的前后一贯性，并试图找到自己的规范，同一个他竟然承认了杀害的正当性。伊凡奋起反抗凶手上帝，但自从思考反抗这刻起，却从中得出杀人法则。假如一切皆许可，儿子就可以杀老子，或至少忍受父亲被杀。对被判死刑者的生存状况进行一番深思之后，得出的结论是：一门心思为罪行辩护无罪。同时，伊凡却憎恨死刑，他谈及执行死刑时，恶狠狠地说：“他的脑袋落了地，居然是以神宠的名义。”但原则上又认可罪行。对杀人者全部宽恕，而对刽子手则一个不予饶恕。这一矛盾掐得伊凡·卡拉玛佐夫喘不过气，对此萨德则相反，活得怡然自得。

的确，伊凡摆出推理的样子，好像永生并不存在，而他只限于说，即使永生存在，也加以拒绝。所以，为了抗议恶与死，他蓄意做出选择，主张德行并不比永生有更多的存在，进而主张任人杀死自己的父亲。他故意自选了二难推理：既有德行又不合逻辑，抑或既合乎逻辑又刑事犯罪。他的复身魔鬼行事堂而皇之，他在一旁吹耳边风：“你去完成一个合乎道德的行动，但不要相信德行，这样就会叫你恼火了，令你揪心了。”伊凡终于给自己提出了问题，也是唯一使我们感兴趣的问题：“在反抗中，世人还能生活下去、支撑下去吗？”陀思妥耶夫斯基正是通过这个问题使反抗精神取得了真正的进步。

伊凡让人猜出他的答案：世人只有把反抗推进到底才能在反抗中生活。什么是形而上反抗的极端？那就是形而上革命。这个世界的主子在其合法性遭到质疑之后应当被推翻。人应占其位。“既然上帝和永生均不存在，就该许可新人成为上帝。”当上帝是什么意思？恰恰正是“一切皆许可”，就是拒绝一切其他法则，只承认自己的法则。如果不必要发挥居间推理，人们就可意识到，成为上帝，即认可罪行（也是陀思妥耶夫斯基笔下的知识分子特别喜爱的想法）。因此，伊凡个人的问题在于知道他是否忠于自己的逻辑，进而面对无辜者苦难而奋起抗议时，他是否认可自己父亲被杀而像人神那般无动于衷。大家知道伊凡的答案：他听凭杀死他父亲。太深刻了，不足以满足表象；太敏感了，不可以付诸行动，他只好听其自然。但他定会发疯的。人，若不懂怎么可能爱其同类，也不会懂怎么可能杀其同类。人，被夹在无法辩解的德行和不可接受的罪行之间，扣问无门，被怜悯消耗殆尽，对爱又无能为力，孑然一身而无法援救玩世不恭。这样的矛盾必将扼杀他这个至高无上的智者。他说：“我有一套人世间的思想，却偏要弄明白不属于人世间的东西，有什么用呢？”然而，他偏偏只为不属于人世间的东西而活着，这种绝对的傲慢恰恰使他远离这个世界，因为他根本不爱这个世界。

这种灾难性的遭遇，尽管如此不堪，问题还是提出来了，后果势必随之而至：反抗走向行动。陀思妥耶夫斯基早已在宗教裁判大法官的传说中指出这一动向，带有强烈的预言性。伊凡最终并没有把创世与创世主分隔开来，他说：“我并不摒弃上帝，但扬弃创世说。”换言之，作为万物之父的上帝与其创造的一切是密不可分的。正因为如此，伊凡任凭杀死其父。故而他选择了对天性和生育的扼杀。况且，天父是无耻的，在伊凡和阿辽沙的天父之间，经常显现卡拉玛佐夫老爸丑恶嘴脸的浮光掠影。因此，伊凡的篡夺计划停留于纯精神层面。关于创世说，他不想进行任何改革。但有鉴于创世已有现存局面，他需要取得精神跨越的权利，而且其他人跟他一样有这样的权利。相反，一旦反抗精神既认可“一切皆许可”又接受“要么人人得救，要么无人得救”，必将导致重新创业，以便确保世人的君主政权和神圣权。另外，一旦形而上革命从精神伸展到政治，一种崭新的伟业即将开始，其意义不可估量，但必须指出，这种伟业也降生于相同的虚无主义。陀思妥耶夫斯基预见并宣称：“假如阿辽沙得出结论说既没有上帝也没有永生，他马上变成无神论者和社会主义者。因为，社会主义，不仅仅是工人的问题，而尤其是无神论以及体现其当代性的问题，也是巴贝尔通天塔的问题，这座通天塔不是靠上帝建成的，不是为了从大地通往天国而建造的，而是为了把天国一直拉到大地。”他还说：“这些问题（上帝和永生）与社会主义的问题是相同的，不过从另一个角度思考罢了。”

有鉴于此，阿辽沙确实可以动情地把伊凡视为“真正初出茅庐的小伙子”。而伊凡只不过竭力控制自己，但做不到哇。后继的其他人纷至沓来，更为认真严肃，一概从绝望的否定出发，强求建立世界帝国。正是宗教大裁判法官把基督投入监狱，并前来对他说，他的方法不好，因为普世幸福不能靠直接自由选择善或恶来获取，而要靠统治和统一世界来达到。必须先统治，然后征服。天国降临大地倒是确实的，但要靠人治，起初几个人，比如几任恺撒皇帝，最初的得志者，然后其他所有得志者，随着时间推移，屡屡得手。这种创世的一统是靠不择手段完成的，因为一切皆许可嘛。“宗教裁判大法官”衰老了，厌倦了，因为他的学识是辛辣尖刻的。他知道世人既怯懦更懒惰，喜爱和平与死亡胜于识别善恶的自由。他怜悯基督这个沉默的阶下囚，那是一种冷漠的怜悯，好在历史不停顿地揭穿其谎言。他强迫阶下囚说话和认错，从某种意义上讲，强迫阶下囚承认大法官们与恺撒们伟业的合法性。但阶下囚沉默不语。因此，他们的伟业舍他而继往开来，绵延不断，于是，将其杀戮，在世人的王国确保之际，其合法性最终得到确立。然而，“事情刚开始，尚远未完成，大地还将遭受大苦大难，但我们一定会达到目的。我们将变成恺撒，届时我再考虑普世幸福吧。”

于是乎，阶下囚被处死，宗教裁判大法官独统天下，聆听“深奥的思想”，领会“毁灭和死亡的精神”。他们高傲地拒绝天国的面包和自由，同时，给人间供应面包却不给自由。

“从十字架下来吧，我们会信任你的。”他们的警察向戈尔高达山喊话。但囚犯不下来，甚至在垂死最受折磨的时刻，还向上帝抱怨自己已经被抛弃。所以证据不再存在了，但信仰和奥义犹存，尽管信仰和奥义遭到反抗者们的摒弃，同时遭到裁判大法官们的嘲笑。一切皆许可，恶行的时代已经准备迎接这一天翻地覆的时刻。从保罗到斯大林，选择恺撒的教皇们已经为选择自己的恺撒们铺好道路。世界的一统天下与上帝一起实现之后，必将试图叛逆上帝而自我实现。

事情还不至于闹到如此地步。当下伊凡只向我们呈现反抗者濒临深渊的颓丧面貌，无所作为，处于自己无辜的想法与杀人的意志之间心痛欲裂。他痛恨死刑，因为死刑是人生状况的写照，与此同时，他又走向犯罪。为了与世人为伍，他接受分担孤独。理性反抗落实到他身上最终变成疯狂。

绝对肯定

世人一旦对上帝进行道德审判，心中已将上帝置于死地。那么什么是道德的基础呢？人们以正义之名否定上帝，但，若没有上帝这个概念，何以理解正义之概念呢？莫非我们又陷入荒诞？这正是尼采直面的那种荒诞。为了更好超越荒诞，尼采将其逼至山穷水尽：道德是上帝最后一副面孔，必须加以摧毁，然后予以重建。届时上帝不复存在，不再保障我们的生存；世人就不得不自己决定做什么，以便独善其身。

独善其身者

施蒂纳[①]早就想在打倒上帝之前，摧毁寓于世人心中有关上帝的全部概念。但与尼采相反，施蒂纳的虚无主义倒是得到了满足，他在死胡同里大笑。尼采则一头撞到墙上，走投无路。自《独善其身者及其特性》[②]发表的1845年起，施蒂纳就开始清场算账。此公经常出入“自由人协会”，与黑格尔左派(其中包括马克思)过从甚密，不仅清算上帝，一了百了，而且清算费尔巴赫的人类学，清算黑格尔的精神学及其历史体现——国家。他认为，所有这些偶像都产生于同一种“先天愚型”[3]，即对某些永恒思想的信仰。因此，他居然写道：“我不把我的事业建立在任何基础上。”诚然，罪孽是一种“蒙祸”，而权利也是，我们都是权利的苦役犯。上帝是敌人。施蒂纳对神明竭尽亵渎之能事：“你把圣餐饼消化掉，跟上帝两清吧。”总之，上帝是“我”的一种异化，或更确切说，是“我在”的一种异化。苏格拉底、耶稣、笛卡儿、黑格尔，所有一切先知先觉先哲，他们的所作所为，从来只是创造花样翻新的方式来异化“我在”。施蒂纳一心想把这个“我”与费希特那个绝对的“我”区别开来，将其缩小到特立独行和短命易逝的人。“所有的称呼都命名不了他”，因为他是“唯一的人”，所谓“独善其身者”也。

---

① 施蒂纳(1806—1856)，德国哲学家，其代表作《独善其身者及其特性》(1845)，着重批判政治、社会、人文自由主义，矛头直指费尔巴赫的人类学，主张目无纪律的个体主义。曾受到马克思和恩格斯的严厉批评，参见《德意志意识形态》。

② 《独善其身者及其特性》(1845)的主题思想可概括如下：个体(个人)是一切价值、一切思想、一切行动的起源。什么上帝、人类、人民、真理、自由只不过是抽象的概念而已。利己主义否定所有其他利益，而最好的利己主义莫过于有利个体自身的利己主义：只顾自己，不顾别人。因为，大写的“我”是“独善其身者，即我们取之不尽的虚无”。这一绝对个体主义的原则是该书的主题：“独善其身者”就是辩证思想的一个极端，即虚无的另一端，可理解为“存在”，而大写的“我”则是存在的主体。

③ “mongolisme”此处意为“先天愚型”，或“先天愚昧”。不应译为“蒙古主义”。历史上，蒙古人曾入侵欧洲，法语及其他西欧语中含有“野蛮入侵”的意思。下文提到“蒙祸”便是一语双关。

施蒂纳认为，直至耶稣的世界史只不过是把现实理想化的一种漫长努力。这种努力通过古人所特有的思想及其净礼的仪式体现出来。从耶稣起，这个目的已经达到，另一种努力随即开始，与之相反，旨在实现理想。体现理想的狂热取代了瞻礼，日益席卷世界，继承基督教义的社会主义逐步扩展统治威望。然而，对“我在”这一独善其身的原则，世界史只是一部漫长的触犯史。因为“我在”是鲜活而具体的原则，胜利的原则，尽管有人一意孤行将其置于上帝、国家、社会、人类一个接一个抽象概念的桎梏之下。对施蒂纳而言，博爱是一种欺骗。各种无神论哲学虽然把崇拜国家和世人推至顶点，自身却只是一些“神学造反派”而已。他说：“我们的无神论者是真正虔诚的人。”历史长河中只有一种崇拜，即崇拜永恒。但这种崇拜是虚假的。惟有独善其身者是真实的，是永恒之敌，是一切事物之敌。确实，惟有独善其身者不为其统治欲服务。

自施蒂纳起，鼓动反抗的否定运动不可抗拒地淹没了一切肯定，也扫除了神明的代替物，尽管精神意识仍被神明纠缠着。施蒂纳说：“外在的彼世已被扫除，但内在的彼世却变成一片崭新的天空。”甚至是革命，尤其是革命，令这位反抗者深恶痛绝。要当革命者，必须信仰某些东西，哪怕没有任何可信仰之处也要信仰点什么。“法国大革命导致一次反动，表明革命**实际上**是个什么东西。”屈从于人道不比服务于上帝更有价值。此外，博爱只是“共产主义者不成熟的看法”①，而一周六天中，兄弟们又成为奴隶。因此，在施蒂纳看来，只有一种自由，即“我的权力”；只有一个真理，即“灿烂的利己主义星辰”。

在这片沙漠中，一切重绽花朵。“只要思想和信仰的长夜仍在蔓延，一声无思想的欢叫，其意义即便巨大，也不能被理解。”漫漫长夜接近尽头，一片曙光即将升起，但不是革命的曙光，而是反叛的曙光。反叛本身是一种苦行，拒绝一切清福。反叛者只在自己的利己主义与他人的利己主义相吻合时，才与他人同声相应，同气相求。他真正的生活是幽居独处，悠然自得，尽兴于孑然一身。

个体主义就这样达到顶峰，否定了一切否定个体的东西，颂扬了一切激励个体并服务个体的东西。按施蒂纳的说法，什么是善？“善是我可以利用的东西。”什么是我合法受权可以做的？“可以做我能做的一切。”反抗依旧导致为犯罪辩护。施蒂纳不仅企图为反抗辩护（在这方面，他的嫡系子弟以无政府恐怖主义形式老调重弹），而且明目张胆陶醉于他所打开的前景。“与神圣的事物决裂，或最好砸烂神圣的事物，就可变得普通寻常了。不是一场新的革命即将来临，而是一种罪恶，

① 直译应为：“共产主义者周日休闲时的看法”，再者，法语中所谓博爱（la fraternité）原意为“兄弟手足之情”。

强烈的、傲慢的、无礼的、可耻的、无意的，伴随着天边的雷声在膨胀壮大，君不见天空愁云密布，黑魆魆沉默无语，正预示着不祥之兆吗？”这番话让人感到有些人在幸灾乐祸，他们策划于陋室，炮制着世界末日的舆论。不再有任何东西可以阻止这种尖刻而蛮横的逻辑，仅仅一个“我”，只要自我幽禁和断根绝源而奋起反对一切抽象概念，就摇身一变为抽象和不可名状。从此不再有罪行和错误，进而不再有罪人了。我们全部完美无疵。既然每个“我”从本质上对国家对人民来讲都是罪犯，那让我们善于承认生活就是违犯。为了成为独善其身者，除非接受死亡，否则必须接受杀害。“您要是不肯亵渎，那您就不会像罪犯那般伟大。”不过，施蒂纳还是畏首畏尾，这不，他明确指出：“让他们痛快死亡吧。不要将他们折磨至死。”

然而，以杀人为正当性发布政令，等于向独善其身的人们下动员令和战争令。由此，杀害与某种集体自杀将不谋而合。这一点，施蒂纳不承认或根本看不出，不过在任何毁灭面前他决不会退缩。反抗精神最终在大混乱中得到最为辛辣的满足。“你(德意志民族)被带到地球上。很快你的姐妹民族，以及其他民族，将跟随你行进；当所有的民族都将跟着你走，人类将被埋葬，而在人类的坟墓上，‘我’(大写的我)，最后成为我唯一的主人，‘我’，人类的继承人，将仰天大笑。”总之，在世界的废墟上，王者个体的苍凉笑声表明了反抗精神的最后胜利。不过，处在这样的绝境，要么死亡，要么重生，别无任何其他可能。施蒂纳及其随追他的所有虚无主义反抗者都醉心于毁灭，奔向极限边缘。发现沙漠之后，就不得不学会生存下去。于是尼采劳神拼命的探求由此开始了。

尼采与虚无主义

“我们否定上帝，否认上帝的责任，惟其如此，才能解救世界。”尼采言下之意，虚无主义似乎带有预言性。然而切不可把著作中的尼采作为临床医生置于首要地位，只要把他作为预言家的地位紧随其后即可，因为从他的著作中不可能取得任何东西，无非是他为之咬牙切齿的那种卑劣而平庸的冷酷。尼采思想的临时性、系统性，总之战略性，是不可置疑的。在他，虚无主义首度变成可切身感受的意识。外科医生和预言家有个共同点，那就是他们所思所为皆着眼于未来。而尼采所思从来只着眼于未来的某个世界末日，并非为之鼓吹，因为他推测出该世界末日终将呈现的面貌是龌龊的和预谋的，所以致力于避免此类世界末日，并将其改造成世界重生。他认可虚无主义，而且将其作为临床病例加以审视。尼采自称是欧洲第一个完全的虚无主义者。并非意趣使然，而是身世所驱，更有甚者，因为他太过伟大，拒绝不了自己时代的遗产。他论断自己以及他人，断定两者皆无能为力于信仰，一切信仰的原始基础已消失殆尽，就是说对生命的信仰已荡然无存。所谓“可以作为反抗者而生存吗？”在他已变成另一个问题：“可以毫无信仰而生存吗？”他的回答是肯定的。不错，假如把缺失信仰变成一种方法论，假如虚无主义被推至极端后果，假如突然陷入沙漠而能随遇而安，那就可以在同样的原始冲动下感受痛苦和欢乐。

尼采并不怀疑方法论，而是否定既定的方法论，摧毁依然向他掩盖虚无主义的种种东西，摧毁掩饰上帝死了的偶像。为了建立一个新圣殿，必须砸毁一个旧圣殿，这就是法则。他确认，谁要成为善和恶的创造者，先必成为破坏者，砸烂价值。“因此，至恶便成为至善的一部分，但至善是创造者。”他以自己的方式写出他那个时代的《方法论》，缺乏他十分追捧的法国十七世纪那种自由性和准确性，但具备二十世纪特征的明晰性，那种不可思议的明晰性，故而他认为二十世纪是天才的世纪。这里我们所关注的，显而易见是指尼采的后期哲学，即从1880年至精神崩溃。本章节可视为对《权力意志》的评述。

有鉴于此，尼采第一步骤是顺应其切实知晓的事情。对他而言，无神论是不言而喻的，具有“建设性”和“彻底性”。照尼采的说法，他的最高天职，在于就无神论问题挑动一场危机和怂恿一项决定性判决。世界在盲目行进，没有合目的性[①]。故而上帝一无所用，既然上帝一无所需。假如上帝需要

① 西方哲学术语。此处意为：“归宿”，或“归宿性”。

什么，那么世人由此承认恶的问题可列出传统公式，于是上帝必须有所承担，对“贬损生成的整体价值所造成的痛苦和不合逻辑性都要”有所承担。我们知道，尼采公然眼红斯当达的名言：“上帝唯一的托辞，就是上帝并不存在。”世界既然丧失了神明的意志，也就丧失了统一性与合目的性。因此世界不可能被判决。对世界具有的价值所做的一切判决最终导致对生命的诽谤。这不，人们判断现存的事物是参照应存事物进行的：天上的王国，永恒的思想，或强制的精神。然而，应该存在的事物却并不存在。“当今时代的好处：什么都不是真的，什么都是允许的。”这些说法与其他成千种说辞交相呼应，不一而足，张扬的或讥讽的都有，不管怎么说，都足以证明尼采承受着虚无主义和反抗的全部重负。他在关于“训练与选拔”颇为幼稚的论述中，甚至提出虚无主义推理的极端逻辑：问题：用什么手段获得伟大虚无主义的严密形态？以致这种有感染力的虚无主义可以用完全科学的意识来教导并实践自愿死亡？

然而，传统上，虚无主义的价值被视为受遏制的，尼采占为己有，为其虚无主义所用。主要指道德。所谓道德行为，无论苏格拉底所阐明的，还是基督教所劝导的，其本身已是堕落的标记。这种道德行为欲以映像映照之人取代有血有肉之人，以纯属想像的和谐世界之名义，谴责情欲与呐喊之天下。如果说虚无主义无能为力于信仰，最严重的症状不在于无神论，而在于无能为力于相信现存的东西，无能为力于正视实现的东西，无能为力于体验出现的东西。这种虚弱残疾是一切唯心主义的基础。道德于世界无信仰可言。尼采认为，真正的道德与清醒的头脑密不可分。他对“诽谤世界的人们”是严厉的，因为他从诽谤中识破了世人逃避现实的可耻欲望，对他而言，传统道德仅仅是背德的一种特例。他指出：“善者才需被正名。”又说：“正是出于道德的理由，世人总有一天会停止行善。”

尼采的哲学无疑围绕反抗的问题展开，确切说，始于一次反抗行为。但，人们感觉得出那是尼采歪打正着的行为。在他，反抗始于“上帝死了”，被视为一个既存事实，接着便把矛头转向一切旨在错误替代已消失神明的主张，这些主张虽使某个领域出乖露丑，没准丧失方向，却成为诸神唯一的温床。与某些基督教派批评家所想的相反，他没有制订过扼杀上帝的计划。尼采发现了上帝死于他那个时代的灵魂中。他第一个懂得兹事体大，毅然确定人的这种反抗若不加以引导，就不可能导致新生。除此之外，一切其他态度，无论憾恨，还是成全，都会导致世界末日，因此，尼采没有建立什么反抗哲学，而是创立一种有关反抗的哲学。

尼采之所以特别抨击基督教，是因为仅仅将其作为道德来抨击。他一方面始终让基督本人不受伤害；另一方面，也让教会诸多厚颜无耻的方面未受触动。众所周知，他很内行地称赞耶稣会会士，曾写道：“实际上，惟道德上帝备受驳斥。”并指出：“你们说这是上帝出于本能的解体，不，上帝只是脱毛换皮而已。上帝脱去了自己的道德表皮。你们将看到上帝超越‘善’与‘恶’重新显现。”尼采一如托尔斯泰所见，基督并非反抗者。基督学说的主旨是全盘接受恶，决不抵抗恶。不应该杀人，即使为其增加不幸，但同意个人为世界包含的恶而受苦受难。这样，天国立即离我们近在咫尺。这里，天国只是一种心境，促使我们的行为与原则协调一致，可以赋予我们立竿见影的至福。尼采以为，基督的启示不是信仰，而是行善。有鉴于此，基督教的历史只不过是对基督启示的漫长背叛。《新约》已经变质，从保罗到主教会议都堕落了，而信仰的宗教仪式是让人忘记行善。

基督教给教主的启示造成怎样深度的变质呢？首先，审判的想法就与基督的教诲渺不相关，其次，惩罚与奖赏相关的概念，也跟基督的教导风马牛不相及。从此刻起，天性变成故事，而且是有意义的故事，由此产生了人的全体性[①]概念。从天神报喜到末日审判，人类别无他求，唯一的使命就是遵循事先写好的一个故事所明文规定的各项道德目的。唯一的区别在于尾声中人物以好人和坏人而分类。起初对基督唯一的审判还在于说人的生性罪孽并无大碍，而进入历史的基督教就把人的整体本性变成罪恶的源泉了。“基督本人否定什么呢？否定所有当前冠以基督名义的一切。”基督教则以为在与虚无主义作

① 康德哲学用语，意为：各个个体的总和性。

斗争，因为要给世界指引一个方向，但基督教本身也是虚无主义的，这不，把一个假想的意义强加于人生，就是阻挡发现人生的真正意义：任何一个教派皆为滚落在神人墓上的石头，千方百计强行阻止神人复活。尼采指出，上帝是因为基督而死的，正是基督教把神圣的事情世俗化了，这个结论虽然逆理悖论，却意味深长。必须说明，此处指的是历史有记载的基督教及其“根深蒂固又可鄙可耻的伪善性”。

相同的推理唆使尼采抗拒社会主义和形形色色的人道主义。社会主义只不过是蜕化变质的基督教。他确实相信历史的目的，势必促使意志力和想像力衰颓。因此，社会主义是虚无主义的，从此尼采赋予虚无主义这个词的确切含义。虚无主义不是什么也不相信的人，而是不相信现有一切的人。在这个意义上，形形色色的社会主义是基督教没落的劣等表现。基督主张，赏与罚必须以历史为前提。然而，按照不可避免的逻辑，全部历史都是以归纳为赏与罚而告终的。由此产生了集体救世主降临说。同样，由于上帝死了，众生灵在上帝面前的平等归为简简单单的平等。此处，尼采依然把各种社会主义学说作为道德学说加以抨击。虚无主义，无论表现于宗教，还是表现于社会主义预言，都是我们最高价值的逻辑趋向结果。自由思想将摧毁这些道德，揭破其赖以生存的幻想，揭穿其必不可缺的交易，揭露其犯下的罪行，因为这些道德阻挡着清醒的智者完成自身的使命：把消极虚无主义改变为积极虚无主义。

摆脱了上帝和道德偶像的世上，世人没有了主子，好孤独哇。谁都不如尼采那般让人相信这样的一种自由是轻而易举的，这是他与浪漫主义者不同之处。这种野性的解放将他置于某些人的行列，用他自己的话来说，他们为一种新的苦恼和一种新的幸福而备受煎熬。然而起初，只有苦恼使他高声疾呼："哎呀！干脆让我发疯吧！……除非让我凌驾于法则，否则我就是最为上帝弃绝的人。"对于不能凌驾于法则的人来说，确实必须找到另一种法则，要么必然是精神错乱了。世人一旦不再相信上帝，不再相信永垂不朽的生命，就变得有"责任感了，对一切有生命的东西负责了，对一切诞生于痛苦又注定要为生命而痛苦的东西负责了。"应由世人自己，也惟有世人自己，找到秩序和法则，责无旁贷。这样，被上帝弃绝之人的时代便开始了，他们开始为证明无罪而精疲力竭地探求赦罪，同时不知所向地患上思乡病："最痛苦难熬、最撕心裂肺的问题是心中悬疑的问题：即能感受'何处是我家？'的问题。"

因为尼采是自由思想家，所以他知道思想自由不是一件舒舒服服的事情，而是一项伟业，必须志美行厉，通过呕心沥血的斗争方可造就。他心知肚明，若要置身于法则之上，摔落于法则之下的风险势必巨大。所以他懂得思想惟有接受新义务才可获得真正的解放。他的发现之要义在于说，如果永恒法则并非自由，那缺失法则就更非自由。如果任何东西都不真实，如果世界没有规则，那么禁忌便无从谈起。为了禁止一个行为，确实必须有一种价值和一个目的。不过与此同时，任何授权都得不到；为了选择另一个行为，也必须具备价值和目的。法则的绝对统治不是自由，但绝对不受约束也不是自由。所有可能的事情加在一起都产生不了自由，但被奴役状态却是不可能的事了。秩序混乱本身也是一种奴役。惟有在可能的事情和不可能的事情同时得以确定才有自由。没有法则就没有自由。假如命运没受到崇高价值的指引，假如偶然成为主宰，那便是在黑暗中行进，即是令盲人恐惧的自由。所以，尼采选择了“最大的依附”来界定“最伟大的解放”之含义。“假如我们不把上帝的死亡变成对我们自身重大的弃绝和永久的胜利，那么我们将不得不为这种丧失付出代价”。换言之，尼采认为，反抗势必苦行。于是乎，他提出一种更为深刻的逻辑：“假如什么都不是真的，那么什么都不允许了”，用来替代卡拉玛佐夫的“假如什么都不是真的，那么一切都允许了”，否定现世惟有一事被禁，等于弃绝已许之事。再也没有人说得清什么是黑什么是白之处，光明成为黑暗，自由成为自监。

尼采自成系统地将其虚无主义推进死胡同，可以说他是以一种令人恐惧的快乐冲进死胡同的。他，目的明目张胆，把那个时代的人置于无法忍受的处境。他唯一的希望似乎要达到矛盾的极端。世人若不想丧命于将其窒息的死结中，就必须一刀斩断死结，并创造自身的价值。上帝死了，什么都不了了之，惟其准备一次复活才能使人感受得到。尼采指出：“倘若发现不了寓于上帝的伟大，那就无法在任何地方发现了；要么必须否定上帝，要么必须创造上帝。”否定上帝，是围着上帝团团转的世界所肩负的使命，而上帝见证着世界奔向自杀。创造上帝伟大，是超人性的使命，世人甘心情愿为之献身。的确，创造只有在极度的孤独中才有可能，世人是心知肚明的，因为如此骇人听闻的努力只有处在精神最为贫困的情况才下决心做得出，必须有所作为，抑或必须豁出性命。于是，尼采向上帝喊话说，大地是他唯一面对的真情实况，必须对其忠贞不矢，而且不得不在大地上生活，并拯救自己的灵魂。但同时，他又教导世人说，无法无天生活在大地上是不可能的，因为生活恰恰是以法则为前提的。怎么无法无天地自由生活呢？世人必须解开这个谜，否则就会丧命。

至少尼采没有回避解答这个谜，他的答案寓于危险性之中：达摩克利斯的舞姿一向只在悬剑下才比较优美。必须接受无法接受的事情，坚持无法坚持的事情。自从人们承认世界不追求任何目的，尼采便提议认可世界无罪，断定世界不从属于判断，因为人们不可以凭任何主观意图去判断世界，进而他建议，说一不二地，即全身心狂热地投入这个世界，去替代各种各样的价值判断。这样，从绝对的失望中迸发出无限的欢乐，从盲目的奴役中释放出无情的自由。获得自由，恰恰就是废除目的。成为无罪，一旦获得认可，就象征最大限度的自由。这不，自由智者喜爱必然的东西。现象的必然性，假如是绝对的、白璧无瑕的，那就不包含任何限制，这是尼采深邃的思想之所在。全体加入一种全体必然性，这是尼采对自由所下的悖理逆论。于是，“什么自由？”的问题被“为什么自由？”所代替。自由与英雄主义不谋而合。自由是伟人的苦行主义，“是拉得最满的弓”。

这种崇高的赞许，既有丰富的表达力，又有饱满的内在力，毫无保留地肯定了错误本身，肯定了痛苦、恶行和谋杀，肯定了生存中一切悬疑未决和稀奇古怪的事情。这样的赞许来自一种不可动摇的意志，决意在当今这副样子的世界上活着，该怎么活就怎么活下去：“把自己看作是命中注定的，不想把自己变成另外的样子……”一言定鼎。尼采式的苦行，始于承认命定性，终于神化命定性。命运变得越发不可改变，进而越发值得崇拜。道德神明、怜悯、爱，统统是苦行者们千方百计补偿命定性的敌人。尼采决意不要赎救。脱胎换骨的欢快就是筋疲力尽的欢快。只不过个体受到伤害而已。世人因要求得到其固有存在而采取的反抗行动湮没在个体对脱胎换骨的绝对屈从之中。Amor fati（拉丁文：死去的爱）替代曾经是 odium fati（拉丁文：死去的恨）“每个个体都与每个宇宙生灵协调配合，不管我们知情与否，不管我们愿意与否。”个体就这样消失在人类的命运和世界的永恒运动中。“存在过的一切都是永恒的，大海将其抛至滩涂。”

于是，尼采又回到思想的起源，回到前苏格拉底的观点。

苏格拉底之前的先哲们取消了目的因[①]，让他们想像出来的原则永恒性完整无损地保存下来。惟有无目的力量才是永恒的，即所谓赫拉克利特的“游戏规则”[②]。尼采的全部努力在于论证脱胎换骨中始终存在法则以及必然性中也有游戏规则：“儿童，意味着天真，忘却，重视，游戏，自转的轮子，乍学走步，说‘是’的神圣天赋。”世界是神圣的，因为世界无动机，故而惟有艺术凭着同样的无动性方能理解世界。任何判断都阐述不了世界，然而艺术可以教会我们重视世界，就像世界在周而复始的曲折中重复自己。在一样的滩涂上，原始的大海不知疲倦地吐露着一样的话语，抛掷着一样的生灵，即那些惊讶依旧活着的生灵。至少，谁若同意回归，赞同回归的一切事情，谁若人云亦云甚至甘当应声虫，谁就具有把世界神圣化的品质。

通过这种迂回的办法，人的神圣性确实最终被采纳。反抗者先把上帝否定，旨在之后取而代之。尼采的启示在于，反抗者只有放弃一切反抗才能成为上帝，甚至放弃反抗为修正这个世界而产生的诸神。“假如有个上帝，怎么忍受自己不是上帝呢？”不错，是有个上帝，那就是世界。为具备世界神圣性的

---

① 哲学术语，即最终的原因。

② 赫拉克利特又译海格立斯，希腊神话中最伟大的英雄，罗马神话中称赫丘利。力大无比，英勇无敌，完成十二项英雄事迹。孩提时代就扼杀两条毒蛇，长大成人后擒狮斩龙，驱妖牛除海怪，宛如游戏。甚至到世界尽头夺得金苹果，解放普罗米修斯，还下地府战胜死神。终因误穿染有毒血的衣服，自焚身亡，逃不过命运的作弄。

性质，只需唯唯诺诺即可。“不必祈祷，感恩吧！”于是大地遍布人神。向世界说“是”，反复说“是”，这既是重新创造世界，也是重新创造自己，就这样变成伟大的艺术家，就脱胎换骨成创造者。尼采的启示，一言以蔽之：创造，但含义模糊。尼采一味鼓吹凡创造者皆固有的那种自私和苛刻。价值的蜕变仅仅在于以创造者的价值来替代审判官的价值，即尊重和热爱现存的一切。缺乏永恒性的神圣性确定着创造者的自由。狄奥尼索斯[①]，大地之神，因受肢解而永不停息地吼叫。但与此同时，他形象地表现出那种与痛苦相得益彰之美。尼采认为，对大地和狄奥尼索斯说“是”，如同对其痛苦说“是”。接受一切，既接受最高度的矛盾，同时又接受痛苦，这便主宰一切了。尼采认同为这个王国付出代价。惟有“因厌恶而受难”的大地是真实的。惟有她是神圣的。恰如恩培多克勒[②]投身于埃特纳火山[③]去寻找真理，恨不得钻进大地的五脏六腑，尼采则建议世人湮没无闻于宇宙之中，以便找到自己永恒的神圣性，最终成为狄奥尼索斯。《权力意志》就是这样结束全文的，正如帕斯卡尔的《思想录》以一次打赌来结束全书，所以《权力

① 希腊神话中的植物神，葡萄种植业和葡萄酿酒业的保护神，又称酒神，尼采将其称为大地之神，为土地不断瓜分耕耘而备感分娩之痛苦。

② 恩培多克勒（前 490—前 430），古希腊哲学家，研究修辞学第一人，兼为著名医生。他认为万物由“四根”（四种元素：火、水、土、气）所组成，所谓生灭，无非是元素的结合与分离。

③ 欧洲最高活火山，位于意大利的西西里岛东岸。

意志》常常令人想起《思想录》。世人尚未获得确信，却获得确信的意志，这并非一码事。尼采自己处在这样的极端也是摇摆不定的："瞧，这就是你身上不可原谅之处。你握有权力却拒绝签字。"不过他会签字的。然而，狄奥尼索斯的名字仅仅使得寄给阿丽娅娜的情书永垂青史，因为他是在疯狂中写成的。

尼采所指的反抗在某种意义上说，依然导致对恶的颂扬。不同之处在于这里的恶不再是一称冤仇相报，而是可能作为善的一个方面被人接受，更为肯定地说，作为一种命定性被人接受。因此，恶被接受旨在被超越，可以看作一种药剂。在尼采的思想中，关键仅仅在于生灵面对不可避免的事情时能豪迈地顺应。不过，众所周知他的后世，有哪家的政治会传承这个自称为最后反政治的德国人呢。他想像出一些艺术家式的暴君。但对芸芸众生来说，暴政要比艺术更为自然。尼采曾写道："宁愿要恺撒·波基亚①而不要帕西发尔②！"而尼采身上既有

① 恺撒·波基亚(1476—1507)，罗马教皇亚历山大长子。十六岁成为罗马天主教主教，后弃教从戎，屡战建功，封为公爵，协助父亲使教廷成为意大利最强盛的国家。

② 帕西发尔是瓦格纳三幕剧《帕西发尔》(1877—1882)主人公。尚在山村少年时，帕西发尔就敢闯人妖巫园中盗取矛(相传此矛曾刺中绑在十字架上的耶稣)。数年后，他用此矛治愈了阿姆福尔塔斯的创伤，活活气死女神巫孔德里之后，又夺取被她盗走的圣杯(相传耶稣最后的晚餐所用的杯子)。并用来为跪拜着的阿姆福尔塔斯祝福。

恺撒又有波基亚[①]，但缺乏他认为文艺复兴杰出的个体所具备的高贵心灵。他要求个体顺从人类的永恒性，要求个体湮没在时间的大循环之中，即把种族当作人类的一种特殊状况，让个体屈服于可鄙可憎的神明。尼采诚惶诚恐、战战兢兢谈论的生活已经堕落成一种适用于家庭的生物学。没有文化的老爷族群毛驴似的磕巴着权力意志，把尼采一向蔑视的“仇恨犹太人的丑行”窃为己任。

尼采所相信的勇气是与智力统一的，故而称之为力量。但后来真正属于他的，却由此而转化为反面：明目张胆的暴力。按照一位傲慢智者的判定：尼采把自由与孤独混淆了。不过，尼采所谓“正午和子夜之深沉孤独”却消失在被机械化的人群中，这样的人群最终潮水般踏遍欧洲。尼采是古典情趣的捍卫者，冷嘲热讽的保护人，素朴放纵的辩护士；他主张贵族政治，深知贵族阶级必须奉行美德而不问为什么。倘若有人需要理由才诚实不欺，此人则不可信任；他狂热地推崇正直，用他的话说：“这种正直已成为一种本能，一种激情。”他是“最高智慧的最高公正”死心塌地的仆人，因为“最高智慧的最高公正”把狂热崇拜视为死敌，尽管如此，他的祖国在他逝世三十三年后把他奉为谎言和暴力的教导者，先前他的献身精神曾

① 恺撒，此处系指古罗马皇帝，君主，专制者。而波基亚为著名贵族姓氏，曾登基帝位。

使他创导的一些概念和美德受人赞美，而后来却被搞得可憎可恨。在思想史上，除马克思外，尼采所冒的风险是无人可比的，我们永远不会终止修正他所遭受的冤枉。想必大家知道，历史上有些哲学一经诠释就被曲解了。但，直到尼采和纳粹为止，一个独特的灵魂以高尚的情操和撕心的痛苦所阐明的一整套思想，在众目昭彰之下，竟然被诠解成一串串谎言加以炫耀或被图解为一堆堆可怖的集中营尸体用来示众，这真是史无前例。宣扬超等人导致有条不紊地生产劣等人。这样的现象势必要加以揭露，但也要予以阐释。如果说十九和二十世纪伟大的反抗运动最后结果终究成为无情的奴役，难道不应舍弃反抗而重新倾听尼采对他的时代所发出的绝望呐喊：“我的良心和你们的良心莫非不再是相同的良心了？”

让我们首先承认我们永远不可能把尼采和罗森伯格①混为一谈。我们应当成为尼采的辩护人。他事先揭露自己是不肖子孙，所谓“自我解放思想的人还应当自我净化心灵”。然而，问题至少要弄清楚他所设想的思想解放是否排斥心灵净化。反抗运动使尼采折服，并支撑着他，其本身是有其法则和逻辑的，这些法则和逻辑也许可以用来解释人们给尼采哲学所披戴

---

① 阿尔弗雷德·罗森伯格(1893—1946)，纳粹德国理论家和政客。1919 年加入纳粹后逐渐成为纳粹首席理论家，鼓吹种族主义。1930 年当上议员，1933 年担任纳粹党外事部主任，1941 年成为东欧占领国帝国部长，1946 年被纽伦堡法庭判处死刑并处以绞刑。

的血淋淋伪装。难道在尼采的著作中根本找不到任何能够用来解释规定性杀人的定义吗？杀手们只需否定意义而肯定字面，甚至只需肯定尚含意义的字面就行了。难道杀手们不能在尼采身上找到他们的托辞吗？回答应当是肯定的。人们一旦忽视尼采思想的系统性观点(不能肯定他自己始终坚守不渝)，他的反抗逻辑就会无边无际了。

人们也会注意到，杀人找到正当性不在于尼采拒绝偶像，而在于狂热使尼采的使命臻于完善。向一切说“是”意味着向杀人说“是”。况且有两种方式赞同杀人。奴隶要是向一切说“是”，就是向奴隶主的存在说“是”，也就是向自身的痛苦说“是”，耶稣教导不抵抗。奴隶主若向一切说“是”，那是向奴隶制度说“是”，向他人的痛苦说“是”，奴隶主就是暴君，并颂扬杀人。“你的生存条件特性是无休止说谎和无休止杀人，而你不会说谎，又不会杀人，因为你相信这是神圣而坚不可摧的法则，难道不可笑吗？”的确可笑，况且形而上反抗的最初行为只是抗议人生的谎言和罪行。尼采式的“是”已把原始的“不”置于脑后，把反抗本身也否定了，同时把拒绝现存世界的道德也否定了。尼采全心全意召唤一个具有基督灵魂的罗马皇帝恺撒，等于说他在思想上同时对奴隶和奴隶主说“是”。然而最终对两者都说“是”。然而，最终对两者都说“是”，归根结底使两者之中的强者即奴隶主神圣化。恺撒注定会舍弃思想主宰而选择现实统治。“如何利用罪恶呢？”尼采如是自问，真不失为恪守其法的好导师。而恺撒势必回答：让罪恶成倍增加吧。于是尼采不幸地写道：“人类每当把目标定得十分宏大，就会运用别的措施，比如不再把罪行判为罪行，哪怕所使用犯罪的手段可怕得骇人听闻。”尼采死于1900年，临界下个世纪，上述宏论即将成为致命性的。无可奈何呀，他神志清醒时徒然惊呼：“谈论各种各样的背德行为很容易，但谁有力量承受得起呀？比如我将不能容忍食言或杀人，可我力不从心，我不用多久将萎靡不振，并为此而死去，这大概是我的命运吧。”人类经验的整体性一旦被认同接纳，就会有一批批人随之而来，他们远不会萎靡不振，而会变本加厉地说谎和杀人。尼采的责任在于依据方法论的高端论证，在思辨过程中时刻为蒙受耻辱的权利进行辩护，而陀思妥耶夫斯基有话在先，认为若将受耻辱的权利赋予世人，必定目睹世人趋之若鹜。尽管如此，尼采这种非所愿的责任越发任重而道远。

尼采如其自诩，确是虚无主义最敏锐的良心。他使反抗精神迈出决定性的一步，正在于由否定理想跳跃为世俗化理想。既然世人得救不靠上帝来实现，那就应当到世上去完成。既然世界没有方向，世人一旦接受这个世界，就应当给世界一个方向，以便达到高级的人类社会。尼采诉求人类未来的方向：“统辖地球的任务落到我们身上。”另外还说：“必须为统治地球而斗争的时代来临了，这场斗争将以哲学的名义进行。”就这样他宣告了二十世纪。之所以如此宣告，是因为他已感到虚无主义内在逻辑的启示，心知肚明其最终结果之一就是帝国。故而他已为这样的帝国做了准备。

对世人而言，没有上帝的自由是存在的，正如尼采所想像的那样，就是说人是孤独的。当世界的车轮停止转动，当世人对现存的一切说“是”，自由正当午。然而现存的东西是变化的，必须对变化说“是”。阳光最终消遁，白日也依山尽了。于是，历史重新开始，而在历史的进程中，必须寻找自由：对历史必须说“是”。尼采主义，即个体权力意志的理论，是注定要纳入集体权力意志之中的。没有世界这个帝国就没有一切。所以想必尼采是痛恨自由思想家和人道主义的。他对“精神自由”一词取其最极端的含义：个体精神的神圣性。不过，他不能阻止自由思想家跟他一样，也从上帝死了这个历史事实出发，即不能阻止两者殊途同归。尼采看得很清楚，人道主义只不过是取消最高赦罪的基督教，舍弃原始因而保留目的因罢了。但他没有意识到，社会主义解放学说必将以虚无主义必然的逻辑，将以尼采本人的梦想为己任，造就超等人类。

哲学使理想世俗化。然而，暴君们随之而来，很快把各种哲学都世俗化了，因为哲学给了他们这种权利。尼采早在论及黑格尔时就预测到这种哲学拓殖，用他的话来说，黑格尔独树一帜，发明了一种泛神论，认定恶、误、苦再也不能作为论据来反对神明。“但，国家，即已经建立的种种权力利用了这一宏伟创举。”然而，尼采本人早已想像出一种体系，旋即认定恶再也不能作为论据来反对任何东西，而唯一的价值在于人的神圣性。这一宏伟创举也要求得到运作，在这方面，纳粹只不过是个短暂的继承者，是虚无主义狂暴性和戏剧性的结局。为此，有些人另有逻辑，别有雄心，比如马克思纠正了尼采，他们选择了只对历史说“是”，不再对全体创造物说“是”。尼采早先强迫反抗者向宇宙跪拜，后来强迫反抗者向历史跪拜。有什么可惊异的呢？尼采，至少在其超人理论中，马克思在他之前就提出无阶级社会，他们俩都以未来替代彼世。在这一点上，尼采背叛了古希腊人和耶稣的教导，认为他们都以现世替代彼世。

马克思跟尼采一样，善于战略思考，也跟尼采一样憎恨形式德行。这两种反抗最终同样都投入现实的某个方向，然后融入马克思列宁主义，并体现这个社会等级，尼采早已提起过，他自己势必“替代神甫、教师、医生”。两者重大的差别在于，尼采在等待超人的同时，建议向未来的东西说“是”。对马克思而言，自然受人控制以便服从历史，而对尼采来说，自然让人服从以便控制历史。这正是区别基督徒与希腊人之所在。至少，尼采已预见到将要发生的事情：“现代社会主义企图创造一种世俗耶稣会教义，企图把所有人都变成工具”，更有甚者，“人们追求的东西就是福利……之后便走向一种闻所未闻的精神奴役……精神专制在商人和贤者一切活动之上翱翔。”反抗，经历了尼采哲学的熔炉，练就对自由疯狂的追求，导致生物专制主义或历史专制主义。绝对的“不”把施蒂纳推向神化罪恶的同时也神化个体。然而绝对的“是”却导致普及杀人的同时也普世了人本身。马克思列宁主义以不了解尼采某些德行为由，实际上为尼采承担了责任。于是，这位伟大的叛逆者亲手创立了必然王国的无情统治，并把自己监禁其间。他逃脱了上帝的监狱之后，首先念及的是建立历史和理性的监狱，进而完成对虚无主义的伪装和认同，而尼采则声称战胜了虚无主义。

反抗的诗歌[①]

形而上反抗虽然拒绝肯定并限于绝对否定，但是一味追求表现。如果说它急于激赏现有的东西而放弃质疑一部分现实，那它迟早不得不会这么做的。在两者之间，伊凡·卡拉玛佐夫代表了听天由命，不过是从受苦的意义上来讲的。十九世纪末二十世纪初的反抗诗歌不断在两个极端之间摇摆：文学与权力意志，非理性与合理性，绝望的梦想与无情的行动。最末一次，这类诗人，尤其超现实主义者，向我们阐明从表现到行为

① 节译自《反抗者》，其中《洛特雷阿蒙》曾单独发表于《南方手册》第 307 号（1951）。

的途径，粗枝大叶得骇人听闻。

霍桑[①]论及麦尔梅尔[②]时大概写道，他不信教，却不善于依仗不信教。同样，关于向天冲锋陷阵的诗人们，可以说他们虽想推翻一切，却同时宣示对某种秩序的绝望怀念。他们渴望通过一种极端的矛盾从无理性中抽出理性，并使非理性成为一种方法。他们是浪漫主义的重要继承者，硬要诗歌成为典范，声称最撕心裂肺的诗歌中找到真正的生活。他们把亵渎神圣化，把诗歌转化为体验和行为手段。确实直到他们，那些声称对事件对世人要有所作为的人们，至少在西方，以理性规范的名义已经尽力了。兰波之后的超现实主义则相反，企图在谵妄和颠覆中找到一种有建树的规律。兰波通过作品，仅仅通过作品，指明道路，以雷电闪光的方式让雷雨来泄露道路的边缘。超现实主义挖掘这条道路，为非理性反抗的实用理论作出最终而张扬的表述，就在相同的时期，反抗的思想通过另一条道路建立了对绝对理性的崇拜。不管怎样，洛特雷阿蒙和兰波，作为超现实主义启示者，告诉我们通过哪些表现非理性的欲望可以把反抗者引到最为破坏自由的行为形式上来。

① 纳·霍桑(1814—1864)，美国小说家。

② 赫尔曼·麦尔梅尔(1819—1891)，美国诗人和小说家。

洛特雷阿蒙与平庸

洛特雷阿蒙指明，反抗者身上的表现欲也隐藏着平庸的意愿。在兰波和洛特雷阿蒙的案例中，反抗者无论抬高自己，还是贬低自己，都决意让自己成为另一种人，哪怕挺身而出让人家承认现在的他就是真实的他。洛特雷阿蒙的亵渎言行和墨守成规同样表明上述不幸的矛盾，尽管这种矛盾得以解决在于他抱着没有任何价值的意愿。远非像人们普遍认为的那样，他的《玛尔陀萝之歌》[①]是推翻自己旧作内容的诗，因为玛尔陀萝向漫漫原始黑夜的呼唤依旧充满着毁灭一切的狂怒，而正是如此依然故我的狂怒表明了《玛尔陀萝之歌》那种煞费苦心的平庸。

我们从洛特雷阿蒙的诗里了解到，反抗是青少年时期发生的，那些使用炸弹和诗歌的高尚恐怖主义者都是乳臭未干之辈；玛尔陀萝之歌是颇具天才的初中生之杰作，所以他们的悲怆感人之处恰恰产生于一颗童心的矛盾，这颗勃起的童心既反对创造，也反对自身。恰如《彩图》的作者兰波，被甩到世界的极限，诗人洛特雷阿蒙首先宁愿选择世界末日和毁坏，而不

① 《玛尔陀萝之歌》(1869)是法国诗人洛特雷阿蒙(1846—1870)的一部散文诗，分六部分，即一至六唱，主要抒发对人生的憎恶和诅咒，语言辛辣偏激。一直到1910年法国作家瓦莱里·拉博(1881—1957)发现和激赏这部著作，指出诗人对世人的刻骨仇恨与对人生刻骨铭心的热爱，十分相近，是用一个极端去表现另一个极端罢了。

接受很难接受的规律，正是这条规律成全了他，让他去了他所在的世界。

“我毛遂自荐是为了捍卫人类”，洛特雷阿蒙说得很不直爽。难道玛尔陀萝是慈悲天使吗？以某种方式来看，他是的，但首先慈悲他自己，为什么？有待探讨。然而，慈悲未然而受辱，既不可告人又隐而不言，使他走向奇特的极端。玛尔陀萝，用他自己的话说，接受生命如同受到伤害，禁止以自杀来愈合伤痕。（原文如此！）他像兰波那样，是受苦受难而揭竿造反的人，但又神秘退却而说什么他是造自己的反，摆出造反者永恒的托词：热爱世人。

只不过，这位擅自站出来捍卫人类的人同时写道：“请给我指出一个善良的人。”这种没完没了的举动正是虚无主义反抗的举动。他们反抗对自己对世人的不公正。但在清醒的那一刻，他们意识到这种反抗的正当性，但同时感到自己无能为力，于是狂怒的否定油然而生，直到否定他们扬言捍卫的东西。与其不能建立公正来修正不公正，不如将其淹没在一种依然更为普遍的不公正中与之混搅一团，以致最后湮灭。“你们给我造成的伤害太大了，我给你们造成的伤害也太过巨大，所以我造成的伤害不是有意识的。”为了不憎恨自己，必须宣告自己无罪，这种胆量，单独的个人是永远不可能达到的，其障碍就是他了解自己。他们至少可以宣布所有人都无罪，尽管他们被视为有罪。于是，上帝就成罪人了。

因此，从浪漫主义到洛特雷阿蒙并没有真正的进步，除了笔调上有所长进。洛特雷阿蒙再一次复活了亚伯拉罕的神脸和撒旦的叛逆形象，不过有所完善罢了。他把神祇置于“人粪和黄金做成的宝座上”，神坐在上面，形容愚蠢傲慢，躯体披着用未洗被单充当的裹布，此神自称创物主。“蝰蛇面相的狰狞上帝。”人们有目共睹。“狡猾的强盗处处放火，烧死老人和小孩。”他烂醉如泥，滚到小溪里或去妓院，下三烂般寻欢作乐。上帝没有死，但已倒下。神明堕落了，玛尔陀萝被描写成骑士，一个穿黑披风的传统骑士。他是大写的魔鬼。“至高神灵带着大仇大恨的狞笑使我变得丑陋无比，眼睛不应该是这样丑陋的见证。”他把一切都否定掉了：“父亲、母亲、神明、爱情、理想，都被否定了，以便一味只想着自己。”这位英雄受着高傲的折磨，却拥有形而上风流之士的所有魅力：“仙人般的玉脸，宇宙般的惆怅，自杀般的美丽。”玛尔陀萝与浪漫主义的反抗者如出一辙，也对神明的公正绝望了，于是站到恶的一边，使人痛苦，而使人痛苦的同时，自己也痛苦，这就是纲领。《玛尔陀萝之歌》可谓恶的名副其实连祷文。

在这个转折点上，人们甚至不再捍卫人这个创造物。相反，“用一切手段攻击人这个猛兽，而创物主……”这就是《玛尔陀萝之歌》所宣称的宗旨。想到把上帝当作敌人而惶惶不可终日，又对伟大的罪人们深邃的孤寂如醉若狂：“我单枪匹马反对人类”，玛尔陀萝径直冲向天地万物及其造物主。

《玛尔陀萝之歌》颂扬“罪恶的神圣性”，宣布一系列不断增长的“光荣的罪恶”，以至《玛尔陀萝之歌》第二部二十节竟然开启了有关罪恶和暴力名副其实的教学法。

如此激昂的热忱在那个时代不作为奇，根本不值得一提。洛特雷阿蒙真正的特式在别处。浪漫主义者小心翼翼在人的孤独和神的冷漠之间维持着必然的对立，既然人之孤独的文学表现恰似孤立的古堡，或如纨绔子弟。但洛特雷阿蒙的作品叙述一种更为深刻的悲剧，很像诗人不能忍受这份孤独，继而挺身而出反对天地万物，恨不得摧毁天地万物的界限。他压根儿不想加固人类界筑有雉堞的炮楼，而一味混淆大自然各个领域。天地万物被他拉回到原始的涛涛汪洋，同时也消除了所有的问题，其中包括他认为令人毛骨悚然的灵魂永存问题。他并不想树立反抗者或纨绔子弟惊世骇俗的形象来面对天地万物，但他执意让世人与世界同归于尽，毁于一旦。他直捣分离人类和宇宙的分界线。完全的自由，尤其犯罪的自由，意味着摧毁人类界的分界线。憎恶所有人包括自己是不够的，还必须把人类界拉回到本能的动物界。人们发现洛特雷阿蒙的作品拒绝理性意识，这种回归本原是文明反叛自身的一种标记。问题不再是意识通过顽强的努力来呈现，而是不再作为意识而存在。

《玛尔陀萝之歌》所有的人物都是两栖类，因为玛尔陀萝拒绝大地及其限界。植物区系由海带和海藻构成。玛尔陀萝的古堡处在海水上。他的祖国是古老的海洋。而海洋，作为双重象征，既象征毁灭的地方又象征和谐的地方。他以自己的方式平息众生灵强烈的渴望，即对不复存在的渴望，因为众生灵注定要蔑视自己以及他人。《玛尔陀萝之歌》就这样成为我们的《变形记》，其中古人的微笑被剃须刀割破嘴时的耻笑所代替，呈现强颜怪谲的幽默形象。这位古罗马的斗兽者掩盖不了人们决意从中发掘所有的含意，但他至少泄露一种毁灭的意志，而这种意志起源于反抗最为阴暗的内心深处。帕斯卡尔所谓"您要变得笨一些"对他来说是一种字面意义。好像洛特雷阿蒙不能忍受冷漠无情的明晰，有了清晰的头脑就必须凑合活下去。"我的主观性加上一个创造者，太让一颗头脑受不了啊。"于是他选择压缩生命和他的著作，就像墨鱼一溜烟似的在墨汁乌云中速游。作品精彩的段落是描写玛尔陀萝在深海中与雌鲨交尾："一次漫长、纯洁、狰狞的交尾"；另一段叙事特别有意义，是说玛尔陀萝变成章鱼袭击造物主。两段叙事清楚表明一种避世，想逃到生存限界之外，同时表明一次行凶，违反自然规律的痉挛行凶。

当一个和谐的国家终于实现了正义和激情的平衡，被这样的祖国抛弃的人们，他们依旧不喜欢孤独，宁可将就令人心酸的王国，那里由强势和狂徒本能主宰。这种挑战也是一种苦行修炼。第二唱中天使的斗争以其失败和腐烂而告终。于是天和地被回归并混入原始生命的液体深渊。就这样，《玛尔陀萝之歌》中的人鲨"只不过获得双臂双腿端部的新变化，作为对某个不为人知的罪行施以赎罪性的惩罚。”在洛特雷阿蒙不为人知的生活中确实有过某种罪行或某种罪行的幻觉(是不是同性恋？)。《玛尔陀萝之歌》的任何一个读者都会情不自禁地想到该书缺乏《斯塔夫罗金的忏悔》①。

《诗篇》②中虽然缺乏忏悔，却应当看到它富有加倍的赎罪神秘意志。我们将会看到，某些反抗形式特有的行为在于当非理性的冒险结束时恢复理智，在于不断混乱之后恢复秩序，在于自愿戴上比人们想解脱的锁链更加沉重的锁链，这样的行为在这部作品中被描写得如此刻意的简单化和如此玩世不恭，以致这种转化必定有某种意义：一种绝对肯定的理论接替鼓吹绝对否定的《玛尔陀萝之歌》，一种刻意的因循守旧接替无情的反抗。这一点，一清二楚。《诗篇》为《玛尔陀萝之歌》做了最好的诠解，确实为我们做到家了。“绝望，大凡由带着偏见汲取幻影般养料所造成的，会坚定地引导文人大量废除神明的法则和世俗的规范，会沉着地引向理论及实践的恶毒。”《诗篇》也揭露“作家的罪恶：他沿着虚无的斜坡滚下去，并带着欢乐的呼叫自轻自贱。”对待这种罪恶，《诗篇》开出的药方无非只是因循守旧：“既然多疑的诗歌达到如此程度的阴

① 1922年陀思妥耶夫斯基在法国首度出版时译名为《斯塔夫罗金的忏悔》。主人公斯塔夫罗金是个玩世不恭的混世魔王，但最后彻底忏悔了。

② 《诗篇》(1922)，诗人洛特雷阿蒙首先分两次发表前言，名为《为一本未来的书作序》。但正本诗篇却从未发表，而且始终没有找到手稿。这篇前言非常重要，诗人头脑十分清醒，对《玛尔陀萝之歌》全盘否定。

暗绝望和理论恶毒，就因为它根本是虚假的；以此理由来讨论其中的原则，本来就不该讨论的。”（致达拉塞的信）

一言以蔽之，上述美妙的理由概括了唱诗班儿童的道义和军事教程的论理。但，因循守旧是可能中邪的，从而可能异常。人们赞扬作恶之鹰战胜希望之龙时，会翻来覆去地说，歌颂只是希望而已，然后信笔写下：“光荣的希望啊，我以庆典的声音和庄严将您召回！”但还须以理服人。安慰世人，待之以手足，回归孔子、菩萨、苏格拉底、耶稣基督，这些“饿着肚子奔波于乡村的道德家”（从历史观点看，未必可靠），依然是绝望的设想。由此，以邪恶为中心的美德和规矩生活具有怀旧的气息。这不，洛特雷阿蒙拒绝祈祷，基督对他而言只不过是个道德家。他向世人建议的，更确切讲向他自己建议的，是不可知认和责无旁贷。非常不幸，一个如此美好的纲领却意味着摒弃、夜晚的甜蜜、没有辛酸的心灵、从容不迫的反思。洛特雷阿蒙突然写下：“我只得到降生于世的恩惠，别无其他，委实令人感动。”但他又加添一句：“一个公正的智者认为我得到恩惠是完整的”，此话听起来令人揣测他是咬紧牙齿说的。然而，在生与死面前不存在智者。反抗者跟着洛特雷阿蒙逃亡荒漠。不过，这种因循守旧的荒漠跟哈拉尔一样凄凉[①]。

---

① 哈拉尔，埃塞俄比亚最大省份的名称，也是该省首府的名称，位于该国东南部。

喜好绝对，使它草木不生；沉迷毁灭，更使它彻底毁灭。正如玛尔陀萝追求彻底的反抗，洛特雷阿蒙出于相同的理由宣告绝对的平庸。良心的呼唤，洛特雷阿蒙千方百计将其窒息于原始的海洋，想方设法将其混入野兽的号叫；在别的时候，他企图迷恋数学来排解良心的呼唤，而此刻他又想运用沮丧的因循守旧来加以窒息。于是反抗者试图以充耳不闻向窝在反抗底部的生命发出呼唤。问题在于活得无所适从，或拒绝成为什么，或接受成为不管什么都行，就像芳达西奥[①]想成为那个婚姻失败的有钱人。这两种情况都涉及幻想的遵循惯例。平庸也可算是一种态度。

因循守旧是反抗的虚无主义诱惑之一，因为反抗主宰着我们一大部分思想史。我们的思想史表明反抗者是如何付诸行动的，如果他数典忘祖，就经受不住最强大的因循守旧引诱，所以这部思想史把二十世纪解释得一清二楚。洛特雷阿蒙通常作为纯反抗的领唱者受到尊敬，却相反宣示偏爱在人间遍地开花的思想奴役。《诗篇》仅仅是《为一本未来的书作序》而已，大家都在梦想这部未来的书，想必是文学反抗的理想成果。但如今，按当局的命令，这本书已发行几百万册。毫无疑问，天才离不开平庸。但问题不是别人的平庸；人们徒然自荐去迎合

---

① 《芳达西奥》(1834)，缪塞的二幕喜剧。主人公芳达西奥为逃避债务，化装成弄臣，混迹巴伐利亚国王宫廷，逐渐对伊尔莎白公主产生感情，成功地拆散她与愚蠢可笑的德·芒图王子的婚姻，但始终难以从无聊和怀旧中自拔。

平庸，而是平庸自己去找创造者，哪怕必要时动用警察的手段。对创造者而言，问题在于他自己的平庸有待完全创造出来。每个天才既奇特又平庸。如果他仅仅是两者之一，那他什么也不是。关于反抗，我们应当记住这一点。反抗有其纨绔子弟，也有其仆从，但不承认有其合法的儿孙。

超现实主义与革命

论及至此，几乎与兰波不相干了。关于他的话都说完了，但很不幸，还得多说几句。我们将简明指出，兰波只是在他的作品中是个反抗诗人，而这个简明的说法与我们的主题有关。他的一生远非可以拿来妙作神话作辩护，只不过表明对最糟糕的虚无主义一种认同，客观地读一读他写自哈拉尔的来信就足以证明。兰波曾因否认自己的天才而被奉若神明，好像这种否认意味着一种超人的美德。虽然这把我们当代人的托词驳得体无完肤，但应当反过来说，惟有天才方可定为美德的前提，并非以不认同天才为前提。兰波的伟大不在于他在查尔维尔[①]的早年呐喊，也不在于他在哈拉尔的非法交易。他的伟大爆发光彩的时刻恰逢他赋予反抗最为准确的语言，一种非约定俗成且格外准确的语言。他同时道出他的成功和焦虑，缺乏生命的世

① 澳大利亚昆士兰州中南部的城镇，是兰波(1854—1891)出生地，后死于马赛。

界和不能回避的世界，呼唤不可能的事和拥抱严峻的现实，对道德的抗拒和对义务不可抗拒的怀念。在这样的时刻，他身心布满天光和地暗，既侮辱美又敬重美，他是一个不可制约的矛盾，由一组二重唱和轮唱形成，他是反抗诗人，也是最伟大的。兰波两部伟大作品的构思先后次序无关紧要。不管怎样，两部作品构思之间的距离太短，而构思这种来自一生经历的绝对可靠性，凡是艺术家都十分清楚。兰波带着这种绝对可靠性同步酝酿《地狱的一季》和《彩画集》。他虽然先后写出这两部作品，但孕育之苦却是同步的。这种使他致命的矛盾就是他真正的天才。

然而，兰波避开了矛盾，从而背叛了尚未呱呱落地的天才胎儿，此人的美德何在？兰波的沉默在他不是一种新的反抗方式。至少自从哈拉尔信件发表以来，我们再不可予以肯定。他这种脱胎换骨的变化没准是神秘莫测的。不过，平庸也有神秘莫测的，例如有些非常出色的姑娘婚后蜕变成赚钱的机器，庸俗不堪。围绕兰波营造的神话意味着、显示着《地狱的一季》之后不可能再写出什么东西了。那么，才华横溢的诗人和才思无穷的创作者有什么不可能的呢？继《莫比 · 迪克》①、《诉讼》、《查拉图特拉》②之后，还想得出什么？可以呀，这些伟大的作品之

① 即《白鲸》(1851)，赫尔曼 · 海尔维尔(1819—1891)的杰作，北美浪漫主义文学的代表作之一。

② 《查拉图特拉》全名《查拉图特拉如是说》(1883—1885)，尼采所著的哲学散文诗。

后，又产生了伟大的作品，教诲着、整治着世人，见证着世人身上最自豪的东西，直至创作者去世才得以完成。有谁不为兰波写不出比《地狱的一季》更伟大的作品而惋惜呢？他撒手搁笔难道不令人大失所望吗？

埃塞俄比亚起码像座修道院，难道基督把兰波的嘴巴堵上了吗？如果审视一番从哈拉尔的来信，这个魔鬼诗人一味读的是金钱，说什么他想把钱拿去“好好投资”，并且“按时回报得益”①，如此看来，这位基督恰似当今坐在银行出纳高台中央宝椅上的那个人。在困苦中高歌的人、辱骂上帝辱骂美的人，抗拒正义抗拒希望的人，对罪恶的氛围堂而皇之奋不顾身的人，这样的人摇身一变只想与一个“有前途”的人联婚。占星家，通灵者，连监牢都拒收的死不悔改苦役犯，不信诸神的混世魔王，这些类别的人集于兰波一身，他肚子上的腰带里始终装着八公斤黄金，却抱怨正是他的腰带让他患上痢疾。难道这就是向青年人推荐的神话英雄吗？这么多青年，他们，却不唾弃这个世界，仅仅想到兰波的腰带都会羞愧难当。为了维持神话，必须无视这些信件。应该理解为何对其很少评论。这些信件是冒天下之大不韪的，正如真理有时也是如此。伟大而奇妙的诗人，彼时最伟大的诗人，闪闪发光的诗神，这就是兰

① 应当指出哈拉尔信札的调门是可以解释为由收信人所定下的。但感觉不出有说谎的企图。不过以前兰波在信中连蛛丝马迹都未露出。——原注

波。但他不是人神，不是愤世嫉俗的榜样，不是人们刻意向我们推荐的诗僧。兰波这个人只在医院病床上找回他的伟大，就在病入膏肓的时刻，即使是平庸的心灵也变得感人肺腑：“我多么不幸哪，真是不幸到极点……我身上有钱，却硬是守护不了！”悲恸时刻的大声疾呼幸运地使兰波参与平常人的衡量尺度，无意间与崇高吻合：“不，不，现在我反抗死亡啦！”年轻的兰波面临深渊复活了，昔日的反抗也随之复活，彼时诅咒生命只不过是对死亡的绝望。于是资产阶级的掮客又与悲愤的少年会合，但与我们曾钟爱有加的少年兰波会合时却充满恐惧和辛酸，末了不免随俗，不知珍惜幸福的寻常百姓皆同归而殊途。仅在此时，他的激情和真相才开始显现。

再说，哈拉尔确已在作品中露出苗头，但以最终弃世的形式显露的：“多么美好哇，在沙滩上，酩酊大醉睡一觉。”此处，一切反抗者所固有的摧毁狂热采纳了最司空见惯的套路。罪行之可怖，正如兰波所想像的王子不知疲倦地杀戮臣民的罪行，再加上长期放浪形骸，这些都是超现实主义者重蹈覆辙的反抗题材。但最终，虚无主义的意气消沉占了上风；斗争以及罪恶本身使得已经精疲力竭的灵魂备感厌烦。不客气地说，通灵者为了不忘却而喝酒，末了喝得酩酊大醉，沉睡过去，这在我们当中不乏其例。他睡觉，在沙滩上，或在亚丁湾。人们顺应世界的秩序，不再是积极的，而是消极的，即使这种秩序是堕落的。兰波的沉默也为帝国的沉默做了准备，惟独没有为斗争做准备，因为帝国的沉默笼罩了一切逆来顺受的精神。这个突然屈从于金钱的灵魂宣告各种要求，起先就是过分的要求，后来干脆提出为警察服务的要求。一无是处，这是厌倦自己各种反抗的才子所发出的呐喊。这里涉及某种精神自杀，此类精神毕竟不如超现实主义者的精神令人尊重，但后果却严重得多。对啦，超现实主义，经过其伟大的反抗运动，之所以意义重大，仅仅因为企图传承兰波唯一值得怜爱的一面。超现实主义从论述通灵者的信件及其涵盖的方法，得出反抗的苦行规律，揭示了生存的意志与毁灭的欲望之间的斗争、非与是之间的斗争，我们在反抗的每个阶段都一再证实这种斗争。由于所有这些原因，与其围绕兰波的作品翻来覆去评论个没完，不如到兰波的那些继承人那里重新找到他和追随他。

超现实主义，就其最初的意图而言，一言以蔽之：挑战一切，永无止境，涵盖绝对反抗、桀骜不驯、惯常颠覆、幽默诙谐、崇拜荒诞；干脆地、断然地、寻衅地抗拒一切限定。“我们是反抗的专家。”按阿拉贡的说法，作为覆灭精神的机器，超现实主义首先锻造于“达达”运动和贫血浪荡[1]。应当指出，

---

① 系指达达主义(1916)的代表人物雅里，是形而上浪荡公子的化身，与其说他是个天才，不如说是个怪才。——原注

达达主义源于浪漫主义，而浪漫主义的起因本身培育了词无涵义和矛盾。“真正的达达分子是反对达达的。大家都是达达主义的导师。”抑或“什么是善？什么是丑？什么叫做伟大、强壮、虚弱……没听说过！没听说过！”他们作为沙龙虚无主义者，是受到要挟的，被迫低三下四地提供最严格的正统观念。然而，在超现实主义中确有炫耀反潮流的东西，恰恰是兰波的遗产，布勒东是这样概括的：“难道我们应该丢下一切希望吗？”

向缺失的生命大声疾呼是以对现世的彻底拒绝为武器的，正如布勒东说得相当精彩：“我既然无法决定强加于我的命运，又因不公正的对待而高度意识到受伤害，就要警惕把自己的一生拿去适应世间任何可笑可怜的生存状况。”按布勒东的观点，精神既找不到机会固定于现世，也找不到机会寄托于世外。超现实主义决意回应这种心神不定的焦虑，有一种“精神呐喊转身过来反对自己，并且毅然决然把自己身心的桎梏绝望地捣碎”。他呼吁抵制死亡和抗衡不稳定生存状况的“短暂”。因此，超现实主义处于听凭焦躁摆布的境况，生活在某种受伤的狂怒状态；同时，它刻苦磨砺，昂昂不妥协，以此树立起一种道德风范。超现实主义，从其根源来看，是无秩序的福音，偏偏承担创立秩序的职责。但它首先只想到破坏，以写诅咒方面的诗歌下手，继以物质的榔头重击。指控现实世界合乎逻辑地变成指控创作。

超现实主义的反一神论是经过深思熟虑的，自成系统的。它首先确认自身建立在世人绝对无罪的理念之上，必须向世人归还“能使世人拥有像上帝一词那般的全部威力”。正如在反抗的全部历史中，绝对无罪的理念皆由绝望突发而生，然后慢慢转变为疯狂的惩罚。超现实主义者一方面竭力鼓吹世人无罪；另一方面则以为可以颂扬谋杀和自杀。他们谈到自杀，认为不失为一种了断的办法，克雷维尔①认为这种办法“最有可能是公平正确的和一了百了的”，后来他自己也像里戈②和瓦歇③一样自杀身亡。后来，阿拉贡虽然挺身痛斥有关自杀的胡说八道，但颂扬毁灭和不急于和其他人参与其事，毕竟没给任何人带来荣誉。在这一点上，超现实主义从其厌恶的“文学”留下最差的才艺，证实里戈令人震惊的呐喊：“你们大家都是诗人，而我呢，我在死亡那边。”

超现实主义者并未因此而止步，选择维奥莱特·诺齐埃尔④或普通法的匿名罪犯做为主人公，面对罪行本身，居然确认主人公无罪，甚至竟敢声称最简单的超现实主义行为就是手持左轮枪上街，随便朝人群开枪，此话出于布勒东，自 1933 年他不得不后悔不已。有人拒绝一切主意，只接受个体的主意及

① 雷纳·克雷维尔(1900—1935)，法国作家，超现实主义干将。
② 雅克·里戈(1898—1929)，法国作家，达达主义骨干。
③ 瓦歇(生卒年不详)，法国作家，超现实主义者。
④ 于 1909 年因下毒谋杀罪被判刑的犯人。

其欲望；拒绝一切至上，只接受无意识的至上，对这些人来说，确实会既反抗社会，也会抗拒理性。无所为而为的行为理论使绝对自由的诉求如愿以偿。说到底，这种自由概括为孤家寡人的行为又何尝不可，雅里如是为之定义：“一旦我取得彻底自由，我将杀死所有的人，然后我自己告别人生。”从本质上说，桎梏被否定后，非理性占据上风。这种对谋杀的辩护词实际上意味着什么呢？除非一个在无意义无荣誉的世界上，只有生存的欲望是合情合理的，不管生存在何种形式之下？生命的冲动，无意识的突发，非理性的呐喊，是唯一纯而又纯的真情实况，都应当得到青睐了。因此，一切与欲望相对应的，主要指社会，都应当无情加以摧毁。于是，人们明白了安德烈·布勒东有关萨德的指示：“诚然，此处世人只会在罪恶中同意与本性相融合，还有待于了解是否见得就是最疯狂最无可争议的情爱方式之一。”明显感受得出来，此话涉及无对象之情爱，是那种心痛欲裂之情爱。然而，这种既空洞又贪婪的情爱，这种疯狂的占有欲，恰恰是社会不可避免要阻止的。所以，布勒东尽管对这样的声明尚感为难，却依然赞扬背叛，依然声称暴力是唯一恰当的表达方式，这也是超现实主义者千方百计想证明的。

然而，社会不光是由人组成的，它也是机构团体啊。超现实主义者出身太好，不至于为杀死大家而来到世上，按他们生活态度的逻辑来讲，最终会认为欲为解放，必须先推翻社会。

他们选定为自己时代的革命服务。超现实主义者从瓦尔波尔[①]和萨德到转向爱尔维修[②]和马克思，这种转向的实验对象倒是前后一致的。但让人明显感觉到不是对马克思主义的研究使他们走向革命。通过研究马克思主义最终走向革命的共产党人屈指可数，通常先归依而后读圣贤。相反，超现实主义不懈的努力旨在把导致走向革命的需求与马克思主义协调一致。可以毫不离谱地说超现实主义者最终走向马克思主义正是因为他们最恨当今的马克思主义。人们了解到超现实主义需求的实质性和崇高性，并对其痛苦有同病相怜之感，便有些不好意思向安德烈·布勒东提醒他的运动原则上是要建立“铁面无情的权威”和专制体制，煽动政治狂热，拒绝自由辩论和鼓吹死刑的必要性。人们惊异那个时代稀奇古怪的语汇，比如“挖墙脚”、“眼线”等等这类警察革命的语汇。这些狂热分子“非要闹一场革命不可”，不管什么革命，只要让他们脱离生活其间的小店主和苟且偷安的社会就行。无望得到最好的，宁可遭受最坏的。就此而言，他们是虚无主义者。他们没有意识到他们当中此后忠于马克思主义的人们，同时对原来的虚无主义忠贞不贰。超现实主义玩梗不化地期望对语言真正的摧毁不在于非连

① 有两个瓦尔波尔：罗贝尔·瓦尔波尔(1676—1745)，美国政治家；奥拉斯·瓦尔波尔(1715—1797)，也是英国政治家。此处不知指哪一位。

② 爱尔维修(1715—1771)，法国哲学家，《百科全书》编撰者之一，代表作有《精神论》和《论人》。

贯性或自动创作，而在于口号。阿拉贡徒然揭露口号是“不光彩的实用主义态度”，在揭露口号中他最终找到道德的彻底解放，即使这种解放与另一种奴役相符合。当时对这个问题思考最深入的人是皮埃尔·纳维尔，他探索过革命行为和超现实主义行为的共同点，深刻地将其定位于悲观主义，就是说“企图伴随世人直至其死亡紧随不舍，以求这种死亡变得有用于世”。这是奥古斯丁主义和马基雅维利主义的混合，确可给二十世纪革命下定义，对当时虚无主义的表述不可能更为大胆的了。超现实主义的叛徒们忠于虚无主义的大部分原则，在某种意义上讲，他们想一死了之。安德烈·布勒东及其他一些人之所以最后与马克思主义决裂，那是因为他们身上拥有超出虚无主义的一些东西，即对反抗的根源有着更为纯粹的第二种忠诚：他们不想一死了之。

诚然，超现实主义者曾想倡导唯物主义。“在波将金号巡洋舰[①]反逆之初，我们乐意承认这块可怕的肥肉。”但，对于这块肥肉，超现实主义者不像马克思主义者那样有一种情谊，哪怕思想上的友情。这具腐尸只不过用形象表现现实世界，其实是现实自身孕育了反抗，而反抗的对象正是现实世界本身。反抗虽可为一切辩护，却说明不了任何东西。在超现实主义者看

① 属俄罗斯帝国黑海舰队，于1905年爆发兵变，导致俄国革命，推翻沙皇制度，建立民主主义临时政府。导演爱森斯坦以此为主题，制作电影，题为《战舰波将金号》。

来，革命并不是人们以行动日复一日实现的目的，而是绝对的神话，令人快慰的神话。革命“如同爱情，是真正的生活”，艾吕雅如是说，他想像不到他的朋友卡郎德拉[①]不得不死于这样的革命生活。超现实主义者要的是“天才的共产主义”，别无他求。这些奇怪的马克思主义者声称自己揭竿而起，并颂扬英雄的个体。“历史受制于由个体怯懦所决定的法则。”安德烈·布勒东既要革命又要爱情，可是革命和爱情两者是不相容的。革命在于热爱一个尚未形成的人。然而人们一旦爱上一个活人，如果是真正的爱，那就不可能接受为革命去死。事实上，革命对安德烈·布勒东而言，只不过是反抗的一个特例，而对于马克思主义者来说，乃至一般就一切政治思想而言，惟其相反才是真实的。布勒东并不追求以行动实现幸福的公民国家，而使历史臻于完善的正是后者。超现实主义的基本命题之一是无拯救论。革命的成功不在于赋予世人以幸福，所谓“可恶透顶的人间清福”。相反，按布勒东的思路，革命应当净化和揭示悲惨的人间状况。世界革命以及随之引起的种种可怕的牺牲只会带来一种好处：“阻止以社会状况极其人为的脆弱性来掩盖人间状况的现实脆弱性。”很简单，在布勒东看来，这一进步过分了。换言之，革命应当为人的内心苦行服务，而每个人都能使现实改观为神奇，所谓“人的想像力光辉灿烂的回

① 俄罗斯诗人，斯大林时代被流放，生卒年不详。

报”。神奇在安德烈·布勒东的心目中所占的位置，正如理性在黑格尔著作中的位置。因此，简直难以想像会有与马克思主义政治哲学更为全面的对立。阿尔托[①]称之为革命的阿米埃尔们[②]，曾经历长期的彷徨，这就不难得到解释了。超现实主义者与马克思的区别更大于某些反动分子，如约瑟夫·德·梅斯特尔[③]之流。像德·梅斯特尔那样的反动分子们利用生存悲剧来抗拒革命，就是说为了维持某种历史局面。马克思主义者利用生存悲剧来证明革命是合理的，就是说为了创立另一种历史局面。两者都把人类悲剧用来为各自的实用主义目的服务。而布勒东，他呢，他利用革命来消费悲剧，实际上，他拿革命服务于超现实主义的冒险，不管他的期刊名称是什么。

超现实主义和马克思主义彻底决裂终于得到解释，如果人们想到，马克思主义要求非理性屈从，而超现实主义者则揭竿而起至死捍卫非理性。马克思主义力求征服全体性，而超现实主义如同一切精神体验，力求单一性。全体性可以要求非理性屈从，倘若理性足以征服世界帝国。但单一性的欲望更加咄咄逼人，不满足于一切皆理性，特别想要理性和非理性在同一条底线上调和一致。不存在以残缺为前提的单一性。

---

① 安图安·阿尔托(1896—1948)，法国作家，早期加入超现实主义运动。

② 亨利-弗雷德里克·阿米埃尔(1821—1881)，瑞士作家，早先迷恋十九世纪德国唯心主义哲学，如黑格尔等，后来深陷唯心主义泛神论，曾有过一定影响，吸引不少追随者。

③ 梅斯特尔(1753—1821)，法国政治家，作家和哲学家。

安德烈·布勒东认为，全体性只能是通向单一性道路上的一个阶段，也许是必要的阶段，但肯定是不足够的。在此，我们又一次遇到这个命题：“要么大写的一切，要么大写的全无。”超现实主义倾向于一般概念，而布勒东对马克思的指责虽是奇怪的，却是深刻的，他的指责恰恰在于认为马克思学说不是一般概念。超现实主义者想要调和马克思的“改造世界”说和兰波的“改变生活”说。但马克思致力于征服世界的“全体性”，而兰波则致力于生活的单一性。然而一切全体性都是限制性的，这就不合常情了。最后这两种公式使超现实主义集团分裂了。布勒东选择了兰波，进一步指出超现实主义不是行动，而是苦行和精神体验。他把构成其运动根深蒂固的独特性放到首位，这对思考反抗、思考恢复神圣的事物和征服单一性都是弥足珍贵的。他越深挖这种独特性，就越无法挽回地与其政治伙伴分路扬镳，同时与他最初几个诉愿渐行渐远。

果不其然，安德烈·布勒东在超现实的诉求方面从来没有改变主张，所谓超现实，系指梦想与现实的融合，是理想与现实之间古老矛盾的升华。众所周知超现实主义的解答：具体的非理性，客观的偶然性。诗歌是对“崇高之巅”的一种征服，唯一可能的征服。“从精神某个点上俯视：生命与死亡，现实与想像，过去与未来……终止被矛盾地感知。”那么这个崇高之巅究竟是什么呢？大概是标志“黑格尔体系的彻底流产”？这是悬崖顶峰之探求，神秘主义者深谙此道。其实，这里涉及无神论神秘主义，以求平息和表明反抗者对绝对的渴望。超现实主义固有的敌人是理性主义。况且，布勒东思想提供了一种西方思想奇特的景观，即不断被偏爱地用来损害同一性和矛盾性。这恰恰在于用欲望和爱情之火来熔化诸矛盾，从而推倒死亡之墙。巫术、原始或朴素文明、炼丹术、火花或白夜之辩术，皆为引向单一性和点金术之路上一个个神奇的阶段。超现实主义，即使没有改变世界，也给世界提供了几个奇怪的神话，来为尼采作部分的辩护，因为它宣告古希腊人复活了。我仅仅说部分地为尼采辩护，因为这里指的是阴暗面的希腊，即神秘的希腊和妖神的希腊。最后，正如尼采的实验以领受中午为荣而终结，超现实主义的实验则以颂扬子夜并以顽固而焦躁的崇拜暴风雨而达到顶点。布勒东，用他自己的话来说，懂得了“不管怎样，生命是被授予的”。然而，他的参与不可能是充分光明的参与，而我们却需要正大光明的参与。他说：“我身上太过多北方的东西，不足以成为充分参与的人。”

然而，布勒东经常反躬自问，减缩否定面，澄清反抗的积极诉求。他没有选择沉默，宁愿选择磨砺，仅仅保持“道德催告”，按巴塔耶[①]的说法，是这种“道德催告”激励最初的超现实主义：“要用一种新的道德替代流行的道德，因为当今的道

① 乔治·巴塔耶(1897—1962)，法国著名文学评论家。

德是我们一切弊病的起因。”他创建新道德的企图没有成功，迄今也无人获得成功。但他一直希望能成功做到。布勒东倒是一直想使世人崇高起来，而世人却偏偏固执地堕落下去，甚至以超现实主义某些原则的名义堕落，面对这个时代的丑恶，他感到不得不建议暂时回归传统道德。言下之意，或许是暂停一下吧。但，这是虚无主义的暂停和反抗的真正进步。总之，布勒东虽感到创建道德和价值观的必要性，却根本做不到，所以他选择性爱[①]，这是大家相当清楚的。他生活在一个狗苟蝇营的时代，这是不可能被忘掉的，惟有他单枪匹马深刻谈论性爱。而性爱是叫人提心吊胆的伦理，权充远居异乡的温馨故乡。诚然，此处还缺乏一种衡量标准。超现实主义既不是一种政治，也不是一种宗教，也许只不过是一种难以为继的智慧。但正好证明世上没有令人安逸的智慧：“我们想要、我们将获得我们生命的彼岸”，这是布勒东发出的令人赞叹的呼唤。正当理智转为行动之后使其大军浩浩荡荡在世上后浪推前浪之际，布勒东则踌躇满志于群星灿烂的夜晚，也许这晴朗的夜晚确实预示尚未晓亮的曙光，并宣示我们的文艺复兴诗人勒内·夏尔[②]的清晨。

---

① 布勒东晚年沉湎性爱研究，包括色情和性虐诗。

② 勒内·夏尔(1907—1988)，法国诗人，是加缪的挚友，也是他最为推崇的同代诗人。

虚无主义与历史

形而上反抗和虚无主义经过一百五十年后[1]又顽固回潮，戴着不同的面具，尽管是同一副憔悴的面孔，即世人抗议的面孔。他们尽管一个个奋起反对生存状况及其造物主，却肯定造物的孤独和一切道德的虚无。然而，人人都在千方百计创建一个纯世俗的天国，由他们选择的规则来主宰。他们作为造物主的敌手，合乎逻辑地要由他们来重新创造属于自己的世界。其中有些人，刚创世不久，除有欲望和权力的规则，一律拒绝其他规则，直奔自杀或疯狂，高唱世界末日。另一些人，执意以自己的力量建立他们的规则，选择了炫耀，表象或平庸，抑或杀害和毁坏。然而，萨德和浪漫派，卡拉玛佐夫或尼采，他们之所以进入死亡的世界，只是因为他们渴望真正的生活，以至于物极必反，撕心裂肺地呼唤规则、秩序和道德，呐喊声响彻这个疯狂的世界。他们一旦舍弃反抗的重负，舍弃逃避反抗造成的紧张，舍弃选择专制和奴役的方便，他们诉求的结局就是有害的或扼杀自由的了。

世人的反叛形式虽是崇高的和悲剧性的，却只是甚至只能是对死亡的一种漫长抵制和对普世死刑所决定的生存状况的一种愤怒抵制。我们所遇到的各种情况中，每次抵制都是针对创

① 系指从十八世纪下半叶的萨德到二十世纪上半叶的布勒东。

世过程中出现的不和谐、不透明、不延续的种种事情。因此，基本上，问题在于一种无休止的单一性诉求：拒绝死亡，渴望延续和透明，是所有疯狂行为的原动力，无论其疯狂行为是崇高的或是幼稚的。难道仅仅是怯懦的、个人的拒绝死亡吗？不，既然许多这样的叛逆者已经达到他们崇高的诉求而付出必要的代价。反抗者不诉求生命，但诉求生命的缘由，进而拒绝死亡带来的后果。假如什么都延续不下去，假如什么也证明不了其合理性，那么死亡就失去意义。挑战死亡归根结底是诉求生命的意义，为建立规则和一统性而斗争。

在这方面，抵制恶行，因处于形而上反抗的核心而意味深长。并非孩子的痛苦本身令人气愤，而是这种痛苦得不到合理的辩解而情何以堪。有时候，痛苦，放逐，幽禁，毕竟还是被人接受的，因为医学或情理说明了我们。在反抗者眼里，世上的痛苦，正如幸福的时刻，所缺少的，正是说明缘由的原则。抵制恶行，首先依旧是一种单一性诉求。反抗者不知疲倦地诉求明确的生命和清晰的透明，以此来反对死刑犯的世界和生存状况的致命性不透明，不知不觉地探求一种道德或一种神圣的东西。反抗是一项苦行，尽管是盲目的。在这种情况下，反抗者之所以亵渎神明，是希望有新的神明。反抗者因起初的宗教活动受到最深度打击而动摇了，不过那是绝望的宗教活动。并非反抗本身崇高，而是反抗所诉求的东西高尚，即使反抗所得到东西可耻可鄙。

至少应当善于认可反抗所得到的，哪怕是可耻可鄙的东西。每次反抗挑战全盘拒绝现存秩序，挑战绝对的“不”，反抗就格杀勿论，每次反抗盲目接受现存秩序，并高喊绝对的“是”，反抗也格杀勿论。对创造者的恨很可能转为对创造的恨，抑或转为对现存秩序的爱，而且是排他性和挑衅性的爱。但在这两种情况下，反抗导致杀害，并失去被称为反抗的权利。人们可以用两种方式成为虚无主义者，但不论哪种方式都是绝对无节制的。看来，有的反抗者一心想死，有的却一心想让人死。但，他们是一丘之貉，都焦灼地渴望真正的生活，都感到活得窝囊，宁要普世的非正义，也不要被肢解的正义。愤怒到如此程度，理智变成狂怒。人心本能的反抗一代一代逐步走向极大的觉醒，假如确实如此，那我已看到富有盲目胆量的反抗也逐渐增强，直到超限度时，便决意以形而上的扼杀来回答普遍的杀害。

我们已经确认，“即使”①，是用来标志形而上反抗的关键时机的，在任何情况下，以绝对破坏而告终。今日光照世界的不是反抗及其崇高性，而是虚无主义。我们应当描述的是虚无主义的后果，但不忘其根源的真相。即使上帝存在，伊凡面临世人所爱的不公正，也不会向上帝投诚。然而，对这种不公正的漫长反思，一把更灼人的火焰，把“即使你存在”改成“你不配存在”，之后再改成“你并不存在”。受害者从辨认出自己的无辜中寻找力量和近期犯罪的原因。他们对自己的永

① 系指“即使”上帝存在，“即使”上帝不存在，“即使”上帝死了……

垂不朽已经死心，确认自己将受到判决，于是决定置上帝于死地。要说当代人的悲剧已经开始，此言虚与委蛇，但要说当代人的悲剧已经终结，也是不实之词。相反，谋害上帝标志着一场悲剧的最高潮，这场戏却始于古代社会的终结，其最后的台词尚未引起反响。从此刻起，世人决定舍弃神宠，决定自食其力生活。从萨德至今的进步在于对封闭的地区进行日益开拓，由摆脱了上帝的世人按自己的规则战战兢兢地当家作主。面对神明，世人已经愈来愈把壁垒森严的地盘界线向外扩展，直到把全世界变成一座要塞，用来抵御失势而流亡的上帝。世人反抗到了头便把自己封闭起来，其最大的自由仅仅在于建造自身罪行的监狱，从萨德悲剧性的城堡到集中营，一概如此。然而，戒严渐渐普及化，对自由的诉求也普及到全体大众，进而势必建立唯一的王国，即正义王国，与神宠的王国相对立，最终在神权社会的断垣残壁上重新组合人类共同体。扼杀上帝和建立教会，正是反抗持久而矛盾的运动。绝对自由终究成为一座绝对义务的监狱，成为一种集体的苦行，成为一部寿终正寝的历史。十九世纪是反抗的世纪，以反抗进入二十世纪，而二十世纪则是正义和道德的世纪：人人拍拍自己的胸脯——扪心自问。反抗派的道德学家尚弗尔[①]已经给出公式："必须先公正后慷慨，就像先有衬衫后配花边。"所以人们将扬弃奢侈性

① 尚弗尔(1741—1794)，法国道德家，伦理学家。加缪很喜欢尚弗尔，有专文论述。

道德而认可创建者粗厉刺耳的伦理。

这种努力坎坷不平地通向全球帝国和普世规则，我们现在必须提及了。是时候了；反抗摈弃一切奴役，旨在归并一切创造。我们早已看到，每次失败都预示着好胜的政治解决指日可待。今后，反抗者怀着道德虚无主义，从后天获得的品质中，只保留权力意志；原则上，只想获得自身的存在，面对上帝保持自己的本色，但反抗者却忘本了，按照精神帝国主义的法则，向世界帝国挺进，一路杀过去，越杀越眼红，无止境杀下去。反抗者把上帝从天国驱除，但形而上反抗的思想却明目张胆与革命运动接合，对自由非理性的诉求却自相矛盾地拿理性当作武器，在反抗者看来，惟有征服权是纯属人类的。上帝死了，世人留下，就是说，历史长存，故而必须理解历史，创造历史。这么说吧，寓于反抗的虚无主义吞没了创造力，只不过补充指出，可以不择手段创造历史。于是，世人明白从今往后要孤独地身处地球，在迈向世人帝国的征途上，要把理性的罪行与非理性的罪行结合在一起。反抗者在思考反抗不可思议的意图以及死亡本身时叹道：“唉，我们孤独无援”，但又补充道：“我反抗，故我们存在。”

图书在版编目(CIP)数据

西西弗神话 / (法) 加缪(Camus, A.)著;沈志明译.
—上海:上海译文出版社,2013.8 (2025.10重印)
(加缪作品)
ISBN 978-7-5327-6183-8

Ⅰ.①西… Ⅱ.①加… ②沈… Ⅲ.①随笔-作品集
-法国-现代 Ⅳ.①I565.65

中国版本图书馆 CIP 数据核字(2013)第 075671 号

Albert Camus
Le Mythe de Sisyphe

西西弗神话
〔法〕阿尔贝·加缪 著 沈志明 译
责任编辑/冯 涛 装帧设计/张志全工作室

上海译文出版社有限公司出版、发行
网址:www.yiwen.com.cn
201101 上海市闵行区号景路159弄B座
山东韵杰文化科技有限公司印刷

开本 787×1092 1/32 印张 8 插页 5 字数 125,000
2013年8月第1版 2025年10月第31次印刷
印数:387,001—417,000册

ISBN 978-7-5327-6183-8
定价:42.00元